KB139087

대한민국 퍼스널 브랜딩 응원가

이젠 휘둘리지 마

대한민국 퍼스널 브랜딩 응원가

이젠 휘둘리지 마

김정응 글 | 이원재 그림
모두출판협동조합(이사장 이재욱) **펴냄**
초판1쇄 발행 2020년 11월 27일
디자인 김성환 / **ISBN** 979-11-89203-19-1 (03810)
ⓒ김정응, 2020
modoobooks(모두북스) 등록일 2017년 3월 28일 / **등록번호** 제 2013-3호 /
주소 서울특별시 도봉구 덕릉로 54가길 25(창동 557-85, 우 01473)
전화 02)2237-3316 / **팩스** 02)2237-3389 /
이메일 ssbooks@chol.com

대한민국 퍼스널 브랜딩 응원가

이젠 휘둘리지 마

글 김정응 | 그림 이원재

협동조합출판사

퍼스널 브랜딩 권리선언!

우리의 삶은 '질문과 대답'이라는 바늘과 실로 이어져 있다. 질문은 '어떻게 살 것인가?'이고 대답은 '이렇게 살아요.'이다. 그런데 대답하기가 쉽지 않다. 수많은 질문과 대답 속에 지쳐버린다는 노래 <솔개>를 자주 중얼거리게 되는 이유다.

헤드헌팅 회사에서는 매일 아침 회의를 하는데 질문과 대답은 항상 똑같다.

"K후보자님, 합격!" "합격 이유가 무엇인가요?" "그것은……."

"J후보자님, 불합격!" "불합격 이유가 무엇인가요?" "그것은……."

누구는 허구한 날 탈락의 고배를 마시고 또 다른 누구는 선택을 받고 나아가 스카우트 대상이 된다. 무엇 때문일까? 이른바 성공했다는 사람들의 공통점은 무엇일까? 동서고금을 통해 위인이나 롤 모델이라고 하는 사람들은 그들만의 특별한 유전인자라도 있는 것일까?

그래서 많은 사람이 그 비결을 찾아 나선다. 가훈, 사훈, 멘토, 자기계발서, 철학관, 나아가 저 하늘의 북극성까지. 요즈음은 빅 데이터가 대세라는 소리도 들린다. 이 모든 것들은 물론 의미가 있다. 그런데 필자는 여기에 퍼스널 브랜드 전략, 즉 퍼스널 브랜딩(Personal Branding)을 또 하나의 대안으로 삼을 것을 강력히 추천한다. 왜?

퍼스널브랜딩이란 이름을 듣고 떠올리는 인식이나 이미지를 관리하는 것을 말한다. 남과는 다른 그 무엇이 떠오르도록 말이다. 브랜딩은 이름 값하면서 잘사는 방법을 모색하는 것이다. 누구나 그 어느 누구도 흉내내지 못하는 자신만의 특별함이 있다. '진짜 나'의 가치를 찾는 여행. 자신의 개인 브랜딩, 퍼스널브랜딩은 거기에서부터 시작하는 것이다.

퍼스널 브랜드 전략은 우리에게 현실적인 생존전략을 제시해 준다. 퍼스널 브랜드 전략은 우리에게 유용한 가치 창출의 묘수를 제시해 준다. 퍼스널 브랜드 전략은 우리에게 자기다움으로 사는 비법을 제시해 준다.

행복은 파랑새처럼 먼 곳에 있는 것이 아니다. 그러기에 파스칼은 『팡세』에서 "많은 사람이 행복을 미래에서만 찾으려 하기 때문에 그것이 바로 지금 옆에 있다는 것을 모른다."라고 말했다.

퍼스널 브랜딩은 내 가까이에 있는 파랑새다. 개인 브랜딩이 잘 되면 연봉이 올라간다. 말과 행동에 신뢰성과 힘이 실린다. 어제보다 더 나아진 삶의 변화를 체감한다. 내 삶의 주인공이 된다. 이제 다시는 남에게 휘둘리지 않는다. 퍼스널 브랜딩은 한 개인의 삶을 송두리째 바꿀 수 있다.

좌뇌에 새기자. "나는 생각한다. 고로 존재한다."

우뇌에 새기자. "나는 퍼스널 브랜딩 한다. 고로 변화하고 성장한다."

2018년 나를 가치 있게 만드는 기술이라는 부제(副題)가 달린『북두칠성 브랜딩』을 출간했다. 축하와 비판이 이어졌다. 비판의 주요 내용인즉 책의 내용은 좋은데 분량이 많아서 읽기가 불편하다는 것이었다. 버스 지나간 뒤에 손 흔드는 격이라고 한 귀로 흘려보냈다. 그런데 1년이 지나도 이런저런 잔소리가 줄어들지 않았다. 급기야 아이디어를 가지고 와서 압력을 가해왔다.

"그림을 넣읍시다."

음성 예술인마을로 이원재 화백을 찾아갔다. 이재욱 출판사 대표가 전폭적인 힘을 보탰다. 그렇게 해서 재탄생의 첫 걸음을 내디뎠다. 그간의 어려움을 말로 다할 수는 없지만 그 노력이 오롯이 독자에게 실용적인 유익함으로 전달되었으면 좋겠다. 그래서 독자 여러분의 삶이 일곱 빛깔 무지개로 맑게 개었으면 좋겠다.

마포 공덕동 글 농장에서 김정웅

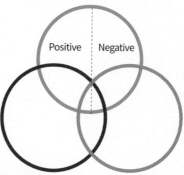

<퍼스널 브랜딩 Big Picture>

Brand Reality
[있는 그대로의 객관적 실체]

Positive | Negative

Brand Identity
[사람들의 마음 속에 심어주고자 기획된 상]

Brand Image
[사람들의 마음 속에 형성된 상]

'퍼스널 브랜딩은 전략적인 프로포즈다'

<Personal Brand Identity 수립>

비전이 없으면
비전을 가진 사람을 위해서 일하게 된다.

고객은
나의
존재 이유다.

자존은 자기다움의
실력을 만드는 일이다.

경쟁은
나태를
쫓아낸다.

상징은 나의
수호신이다.

다이아몬드도
닦고 기름 치지
않으면 녹슨다.

하늘도
스스로 광고하는
사람을 돕는다.

비전 | 자존 | 고객 | 상징 | 경쟁 | 광고 | 관리 | 나

차례

프롤로그/ 퍼스널 브랜딩 권리선언! _ 4

1장 비전

1. 오천만의 꿈, 오천만의 개인 브랜드 _ 14
2. 똥개도 자기 집에서는 반은 먹고 들어간다 _ 17
3. 개 같은 년, 잘 지냈나? _ 20
4. 'Man of Action' _ 24
5. 'Just do it!' _ 26
6. 러브마크(lovemark) _ 29
7. 내가 십 년만 젊었다면…… _ 31
8. 번데기처럼 참고, 나비처럼 날자! _ 33
9. 그럼에도 불구하고 들이대자 _ 36
10. 이거 좋은 감기약이야 _ 39

2장 고객

1. 내 님은 누구일까 만나보고 싶네 _ 44
2. 푸쉬(Push) 전략과 풀(Pull) 전략 _ 46
3. 좋은 말 걸기가 고객 만족의 시작 _ 48
4. 일기일회(一期一會) _ 52
5. 9시까지 보내 드리겠습니다 _ 55
6. 왜 왔다 갔다 하세요 _ 58
7. 도끼를 가는데 45분을 쓰겠다 _ 61
8. 사랑은 움직이는 거야 _ 64
9. 외우자, 필살기 공식 _ 67
10. 있을 때 잘해 _ 70

3장 경쟁

1. 하일성 없는 허구연의 해설 _ 76
2. 나와 메시는 서로를 존중할 뿐이다 _ 79
3. 남달라 _ 82
4. 원효 앞에 원효 없고, 원효 뒤에 원효 없다 _ 85
5. 켈리 백의 아우라가 더 멋져요 _ 88
6. 코끝이 찡하다 _ 91
7. 나는 아무것도 두려워하지 않는다 _ 94
8. 일곱 빛깔 무지개 _ 96
9. '된 기업, 된 브랜드, 된 사람' _ 99
10. 내 속엔 내가 너무도 많아 _ 102

4장 자존

1. You are more beautiful than you think _ 106
2. 나를 표현하는 단 하나의 단어 _ 109
3. NQ가 형님, IQ가 아우다 _ 113
4. 입장 바꿔 생각해봐. 어찌 그 따위 말을 할 수 있나? _ 116
5. Why How What _ 119
6. 경주마와 야생마 _ 122
7. 나는 공덕동의 아문센일까? _ 124
8. 왜 헤드에요? _ 127
9. 보석이다. 아니다, 쓰레기다. _ 130
10. 마, 한 번 해 보입시다! _ 133

5장 상징

1. '딩디디딩~♬, 아하~!' _ 136
2. S (symbolization) = 3s (Sound. Scene. Sentence) _ 138
3. 척 보면 압니다 _ 141
4. 이번 역은 공덕역입니다 _ 144
5. 간디는 왜 물레질을 하는가? _ 147
6. 마침표를 팍 찍으란 말이야! _ 150
7. 건더기는 고사하고 국물도 없어 _ 152
8. 책 쓴다고 잡아가지 않지요 _ 155
9. 야구하면 선동렬 _ 158
10. 자네가 누구인지 한 마디로 말해봐! _ 161

6장 광고

1. 이제는 광고만복래(廣告萬福來)다 _ 166
2. "너는 누구니?" _ 169
3. 누구든 하나의 재주는 있기 마련이다 _ 172
4. 스토리가 스펙을 이긴다 _ 175
5. 어깨를 짚고 올라타라! _ 177
6. '나' 캠페인을 전개하자 _ 179
7. 인생은 정면 돌파(突破)다! _ 182
8. 당신의 원, 투 펀치는 무엇인가? _ 184
9. 표현은 용맹스러움이다 _ 187
10. 'Think different!' 'Think small!' _ 189

7장 관리

1. 닦고 조이고 기름 치고 있습니까? _ 194

2. 저의 '자궁 공간'입니다 _ 197

3. 머리 나쁜 아이도 공부할 수 있나요? _ 200

4. 나는 한 마리 흰 사슴입니다 _ 204

5. 사랑도 Ing, 행복도 Ing _ 207

6. 편지를 썼어요. 사랑하는 그대에게 _ 210

7. 늘 변해야죠 _ 215

8. 선생님, 그 비결이 뭐예요? _ 218

9. 잘했던 일, 못했던 일 생각해 봅니다 _ 221

10. 과연, 나는 '이상 없음'일까? _ 224

에필로그/ 러브 마이셀프(Love myself)! _ 228

1장

비전

붉은 정열의 '꿈'을 꾸자

갈대가 흔들리는 것은 꿈이 없기 때문이다.

비전이 없으면 비전을 가진 사람을 위해서 일하게 된다.

∩1
오천만의 꿈, 오천만의 개인 브랜드

　중편소설 <꿈을 꾸었다>로 제 42회 이상문학상 대상을 수상한 소설가 손홍규는 말한다.

　"꿈을 꾸는 사람이야말로 비범한 사람이라고 생각합니다. 어떤 시대이든 꿈꾸는 사람으로 남아야죠. 영택과 순희는 서로를 이해하려 애쓰지만 세상을 살아오는 동안 꿈을 잃듯이 상대를 이해하는 능력을 잃었습니다."

　예전에 꿈에 대한 강의를 한 적이 있었는데 안타까운 느낌이 많았었다. 많은 이들이 꿈을 막연하게 생각한다는 인상을 받았기 때문이다.

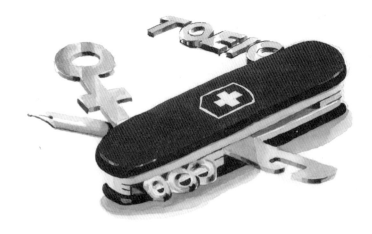

하늘에 있는 별을 따는 것을 꿈이라고 생각하는 듯했다. 그리고 각자의 꿈이 비슷했다. 필자는 이것이야말로 꿈을 깨는 꿈이라고 생각한다. 꿈은 저 하늘에 있을 수도 있지만 진정한 꿈은 땅 위에 있다. 현실적인 자신만의 꿈을 꾸었으면 하는 것이 필자가 하고 싶은 잔소리다.

브랜딩 관점의 꿈(비전) 설계를 제안한다. 브랜딩의 핵심은 브랜드 아이덴티티 구축이고 그 시작은 브랜드의 비전을 세우는 것이다. 브랜드 비전은 브랜드의 꿈이다. 브랜드가 향후에 어떻게 되었으면 하는 모습이다. 브랜드의 꿈은 여타의 꿈에 비하여 가장 현실적인 꿈이다. 냉엄한 시장의 원리가 작동하기 때문이다.

브랜드의 꿈은 고객(Customer), 자사(Company), 경쟁자(Competitor) 등 이른바 3C분석을 통해 단계별로 구축할 수 있다. 이 방법은 우리의 개인 브랜딩에 적용해도 딱 들어맞는다. 개인 브랜딩의 3C 분석을 통하여 자신에 맞는 현실적인 비전을 세워보자.

첫째는 나에 대한 분석인데 두 가지 길이 있다. 하나는 지금 현재의 위치에서 성장하는 길이다. 10년, 20년 후 자신의 Output 이미지를 그리고 그것을 완성해 가는 길이다. 또 다른 하나는 다른 길로 바꾸는 것이다. 이 선택은 지금의 길이 '이거는 아니다.'라는 뼈저린 결산에 근거해야 한다. 가장 잘하고 좋아하고 여느 자기계발 책에 나오는 표현을 빌자면 '나를 설레게 하는 길'을 택해야 한다.

두 번째는 경쟁자를 분석해야 한다. 나를 브랜드라고 생각하는 순간부터 고달픔이 시작된다. 경쟁자를 의식해야 하기 때문이다. 절대평가가 아닌 상대평가가 적용된다. 나 혼자 멋진 꿈을 꿔서는 안 된다는 얘기다. 경쟁자의 꿈을 뛰어넘는 상대적 우위의 꿈이라야 한다는 것이다. 그래야 고객이 나에게 주목한다.

세 번째는 고객에 대한 관심이다. 당신이라는 브랜드의 꿈은 고객과 연결되어야 한다. 고객의 필요와 욕구에 부합해야 한다. 당신만의 주관적 방향으로 구성된 꿈은 의미가 없다. 기업에서도 이러한 기준이 강조된다. 이른바 생산자 언어가 아닌 고객의 언어로 말하라는 식이다. 결국 당신의 꿈은 고객의 꿈과 다르지 않다. 고객과 함께 성장하는 꿈이 진정한 꿈이다.

꿈이란 자신이 원하는 분야에서 전문가가 되는 것에 비견된다. 논리의 비약을 해보면 우리 오천만 각자가 자신만의 꿈을 꾸어야 한다. 이는 오천만 각각의 개인 브랜드로 연결된다. 그런 날을 꿈꿔 본다.

『톰 소여의 모험』 저자인 마크 트웨인의 말을 들어보면 좋고 나쁜 꿈을 논하는 것 자체가 무의미하다는 생각이 든다. 어떤 꿈이라도 빨리 설정하고 꾸준히 밀고 나가는 것이 상책이다. 꿈도 중요하지만 실천은 더 중요하다.

"지금으로부터 20년 후에 당신은 당신이 한 일보다 하지 않았던 일들을 더욱 후회할 것이다. 그러니 뱃머리를 묶어두고 있는 밧줄을 풀어 던져라. 안전한 항구를 벗어나 항해를 떠나라. 무역풍을 타고서 탐험하라. 꿈꾸어라. 발견하라."

02
똥개도 자기 집에서는 반은 먹고 들어간다

화~려한 도시를
그리며 찾아왔네
그곳은 춥고도 험한 곳~

조용필의 노래 <꿈>은 이렇게 시작된다. 젊은 시절에 참 많이도 불렀던 기억이 있다. 아마도 자신이 찾는 꿈의 무대가 어디에 있는지를 갈구하는 내용에 공감했기 때문일 것이다. 오랜 세월이 지난 지금이라고 어찌 다를 수 있겠는가?

'코이(Koi)'라는 물고기가 있는데 이 녀석은 흥미로운 스토리의 주인공이다. 즉 코이는 노는(?) 장소가 어디냐에 따라서 크기가 달라진다. 어항 속에서 생활하면 5~8cm밖에 자랄 수 없고, 어항보다 넓은 수족관이나 연못에 풀어지면 15~25cm까지 자란다. 이런 코이가 드넓은 바다에서 놀면 90~125cm까지 자랄 수 있다고 한다. 환경에 따라서 피라미로 살기도 하고 대어가 되기도 하는 신기한 물고기다.
이러한 놀라운 사연 덕분에 '코이의 법칙'이라는 말이 나오게 되었다. 꿈의 무대를 어디로 정하느냐에 따라서 가능성도 달라진다는 의미로 활용된다.

개인 브랜딩은 꿈이나 비전을 세우는 것에서부터 시작된다. 꿈을 실현해가는 데 있어서 중요한 것은 나에게 맞는 꿈의 무대를 설정하는 것이다. 물 만난 물고기처럼 내가 방방 뜰 수 있는 그런 무대 말이다. 필자가 생각하는 꿈의 무대라는 것은 다음과 같은 것이다.

첫째, 일관성의 무대다.

경력이 단절되면 안 되듯이 꿈도 단절되면 안 된다. 적금(積金)도 중요하지만 '적꿈'이 더 중요하다는 말이 있다. 한 푼 두 푼 돈을 모으듯이 꿈도 차곡차곡 쌓아야 한다는 것이다. 그러기 위해서는 지금 하고 있는 일이 꿈과 연결될 수 있어야 한다. 구슬이 서 말이라도 꿰어야 보배라고 했다. 일관성 있게 꿈 관리를 할 수 있는 그런 일을 선택해야 한다.

둘째, 전문성의 무대다.

전문성의 숲 만들기가 되어야 한다. 울창한 숲은 숲을 구성하는 나무 한 그루 한 그루가 반듯해야 가능하다. 꿈의 무대도 마찬가지다. 하루하루 자신의 전문성이 발휘되는 곳에서 활약해야 한다. 전문성은 내가 좋아하는 일에서, 내가 행복을 얻을 수 있는 일에서, 나에게 집중할 수 있는 일에서 얻어진다.

셋째, 방향성의 무대다.

꿈의 성취에 있어서 속도보다는 방향이 중요하다. 속도를 우선하여 서두르다 보면 궤도를 이탈하여 되돌리기가 힘들어질 수 있기 때문이다. 필자는 고교 시절 이과를 선택했다가 대학에서 문과로 옮겼다. 재수를 하는 등 고생도 많이 하고 시간도 많이 낭비했다. 올바른 방향성의 무대에 서지 못한 대가를 치른 셈이다.

똥개도 자기 집에서는 반은 먹고 들어간다는 말이 있다. 스포츠에서 말하는 '홈그라운드 이점'과 같은 맥락이다. '홈그라운드 이점'은 홈에서 경기하는 팀에 주어지는 덤의 힘을 의미한다. 국가 간의 협상에서도 홈그라운드의 이점을 내세운다. 꿈의 무대도 마찬가지다. '내 꿈의 홈그라운드'를 만들자. 그러면 꿈은 더 가까이 나에게 다가올 것이다.

03
개 같은 년, 잘 지냈나?

줄리언 반스의 소설 『예감은 틀리지 않는다』는 기억과 진실에 대한 사유의 무게를 느끼게도 하지만 주인공 토니의 '사랑 허당 끼'로 인해 내 이야기 같은 친밀감을 얻기도 한다.

토니의 여자 친구가 토니의 절친의 품에 안겼다. 이른바 사랑이 움직인 것이다. 이러한 환장할 상황에서도 토니는 '잘 됐네.' 하며 쿨 하게 편지를 썼다. 물론 자신의 기억으로는 그렇다는 것이다. 그러나 진실

은 잔인하다. 실제로는 지상 최고의 저주 편지를 썼던 것이다. 그 편지는 '개 같은 년, 잘 지냈나?'로 시작하고 '기름 부음 받은 머리통에 산성비가 쏟아지기를' 하는 문장으로 끝난다.

토니는 진작 사랑의 기술을 익혔어야 했다. 비단 사랑뿐이겠는가? 꿈도 마찬가지다. 좋은 꿈의 기술을 익히면 꿈은 더 잘 이루어질 것이다. 꿈의 막연함은 평소 주변의 말 속에도 담겨있다.

"살다 보면 뭐라도 된다."

뭐 이런 생각이다. 인생에 정답은 없기에 맞다 틀리다 말할 수는 없다. 다만 두루뭉술하여 마음에 걸린다. 군대에서 야간 사격 때문에 고생을 많이 했다. 표적이 보이지 않기 때문이다. 희미한 꿈도 이와 마찬가지가 아닐까.

브랜딩은 나의 특별함을 찾아서 나를 가치 있게 만드는 일이다. 꿈이나 비전은 브랜딩이라는 건축물의 설계도에 해당한다. 정교하고 과학적이어야 한다. 인간이 달에 갔을 때 감동과 아쉬움이 교차했다. 과학의 달에는 흥분했지만 방아 찧는 토끼는 사라졌기 때문이다. 브랜딩 차원에서 우리의 꿈은 과학의 달과 같아야 한다. 백일몽이 되어서는 안 된다.

정신분석학자이며『사랑의 기술』저자인 에리히 프롬은 '사랑은 기술이다.'라고 했다. 사랑도 목공기술, 의학기술과 같이 기술 습득에 필요한 일련의 과정을 거쳐야 한다는 주장이다. 꿈도 기술이다. 꿈도 사랑도 가만히 있는 나에게 저절로 다가오지 않는다. 내가 꿈을 찾아 나서야 한다.

에리히 프롬은 '훈련', '정신집중', '인내', '최고의 관심' 이상 네 가지를 사랑의 기술 습득에 필요한 핵심 요소로 제시했다. 이것을 꿈의 기술에 대입해서 꿈의 실용 방안을 찾아보자.

먼저 훈련이다.

훈련은 자발적 훈련이 되어야 한다. 자신의 의지표현이 되어야 한다. 그러면 고통을 벗어나서 즐거운 것이라는 것을 깨닫게 된다. 프로야구 이정후 선수가 2017시즌 신인 최다안타 신기록을 세웠다. 혹독한 훈련에 힘들지 않았느냐는 물음에 "누가 시켜서 한 게 아니고 제가 하고 싶어서 하는 건데요 뭐."라고 대답했다.

꿈도 마찬가지다. 꿈은 자발적인 실행 계획의 수립과 실천을 요구한다. 그러한 꿈은 내가 정말로 좋아하는 일에 초점을 맞출 때 더 선명하게 보일 것이다.

두 번째는 정신집중이다.

기술 습득에 있어서 정신 집중의 중요성은 따로 증명할 필요가 없는 상식 중의 상식이다. 집중하지 않으면 해결책이 보이지 않는다. '선택과 집중'의 개념을 되새겨 보자. 집중은 쪼개고 나눌 때 생긴다. 골프로 치면 한 타 한 타에 집중하는 것이다. 야구로 치면 공 하나하나에 집중하는 것이다. 글쓰기로 치면 한 단어 한 문장에 집중하는 것이다. 꿈도 연 단위 월 단위 일 단위로 쪼개 보자. 그러한 집중을 통하여 꿈은 듬직한 그 모양새를 드러내게 된다.

세 번째 요소는 인내다.

모든 일에는 이루어지는 때가 있다. 기술 습득에서 빨리 빨리는 적용되지 않는다. 자동차 사고의 원인은 조급증에 있다. 꿈도 하루아침에 이루어지기를 바라면 자동차 사고처럼 꿈 사고가 발생한다. 맛있는 열매는 씨를 뿌리고 꾸준히 가꾼 인내의 결실이다. 걸음마 하는 어린아이를 보자. 넘어지고 또 넘어져도 어린아이는 계속 시도한다. 어느 날 쓰러지지 않고 걷는다. 우리가 매번 접하는 장한 기적이다. 우리도 또한 그러한 과정을 거쳐서 어른이 되었다. 꿈의 추구에 어린아이 같은 인내의 정신을 가지면 성취하지 못할 일은 없을 것이다.

마지막으로는 최고의 관심이 필요하다.

이는 삶의 전 부분이 '실행(實行)'하는 데 올인 해야 함을 의미한다. 실행의 좋은 방법은 가시화다. 산에 오를 때도 정상이 저기 보이면 남은 힘을 모조리 쏟아서 박차를 가하게 된다. 꿈의 실행으로 치면 꿈을 선명한 이미지로 형상화하는 것이다. 고등학교 시절 선생님들이 즐겨 사용했던 방법이 그 중 하나다. 물론 요즘 이런 말을 하면 큰 봉변을 당하고 또한 효과도 없을 것이다.

"공부 잘하면 예쁜 여자랑 만날 수 있다."

그러한 꿈의 선명한 이미지 제시에 우리는 호동 왕자처럼 졸린 눈을 비벼가며 책과 씨름하지 않았던가? 나의 꿈을 언제 어디서 누구와 무엇을 하며 어떻게 나눌지를 구체적으로 그려보자. 그리고 수시로 떠올려 보자.

04
'Man of Action'

이종욱.

솔직히 돌아가시기 전까지는 이 분을 잘 몰랐다. 이렇게 위대한 한국인이 있었다는 것을 뒤늦게 알아본 것이 송구스러웠다. 그는 세계보건기구(WHO) 사무총장이었다. 한국인으로서는 최초로 유엔전문기구 수장이었다. 그의 별명이 바로 'Man of Action'이다. 어떻게 그런 별명을 얻었을까? 그는 행동하는 사람, 실천하는 사람 그 자체였다.

그는 1년 365일 중 150일을 전 세계 이곳저곳을 찾아가는 출장으로 시간을 보냈다. 행동하는 사람의 본을 보여준 것이다. 그가 타계할 당시 그의 죽음을 애도하는 물결이 전 세계 수많은 사람들의 가슴에 흘렀다. 정작 우리나라 사람들만 잘 몰랐다.

그는 다음과 같이 기록되고 있다. '인류의 주치의', '백신의 황제.' 그의 위대한 성과는 바로 실천에 있었다.

한때 박경리의 『토지』를 읽고 만나는 사람에게 으스대고 건방진 이야기를 해대며 여기저기 뻐기고 다닌 적이 있었다.

"세상은 토지를 읽은 사람과 토지를 읽지 않은 사람으로 나뉜다."

그리고 이렇게 덧붙여야겠다.

"세상에는 실천하는 사람과 실천하지 않는 사람이 있다. 그 차이는 바로 하늘과 땅의 차이 그 이상이다."

나토(NATO. North Atlantic Treaty Organization)는 '북대서양조약기구'이다. 서유럽과 미국 사이에 체결된 북대서양조약에 바탕을 둔 지역적 집단안전보장기구다. 어느 날 소주 한 잔의 가벼운 모임이 있었는데 이야기가 예기치 않은 주제로 흘러 분위기가 진지해졌다. 대화의 초점이 실행의 가치로 맞추어졌다. 각자의 경험담이 오고 가면서 분위기가 달아올랐는데 그때 한 친구가 던진 말이 바로 나토다.

여기서의 나토는 본래의 의미와는 다르다. 'No Action Talk Only'라는 의미를 가진 영문 이니셜 조합이다. 우리말로 풀이하면 '행동은 하지 않으면서 말만 한다.'는 뜻 정도가 되겠다. 탁상공론 등 실천 부재를 꼬집는 의미를 담고 있다. 쉽고 재미있고 기억하기 용이하다.

실행이 정답이다. 생각만으로 이루어지는 것은 아무 것도 없다. 제아무리 좋은 아이디어라도 실행하지 않으면 도루묵이다. 작가 이외수는 스스로 감옥을 만들어 실행력을 높였다. 가수 김흥국은 들이댔다. 실행이 진짜 정답이다. 실행이 힘겨울 때면 나토를 기억하자.

05
'Just do it!'

　목표의 중요성은 아무리 강조해도 지나침이 없다. 그럼에도 불구하고 귀담아 듣는 사람들이 의외로 많지 않은 것 같다. 물론 나도 그 중의 한 사람이었다. 이 말을 듣기 전까지는 말이다.

　"목표가 없는 사람은 목표를 뚜렷하게 설정한 사람들을 위해서 일하도록 운명이 결정된다."

　속이 불편하고 섬뜩하기까지 하지 않은가?

목표에 정성을 쏟으면 목표도 그 사람에게 정성을 쏟는다. 성공학의 아버지라 불리는 나폴레온 힐은 '성공의 13단계'를 분석했는데 그 중에서 가장 첫 번째 단계가 바로 명확한 목표 설정이다. 목표가 확실하면 아무리 어려운 길이라도 앞으로 나갈 수 있다. 목표가 없으면 아무리 쉬운 길이라도 한 발 앞으로 나가기조차 어렵다.

명확한 목표는 자기가 정말로 원하는 그 무엇이기 때문이다. 목표를 설정할 때 비로소 꿈의 마술은 시작된다는 말이 생겨난 이유다.

많은 자기계발 전문가들은 목표를 정하기 전에 꼭 체크할 것 4가지를 권하고 있다. 그 4가지의 교집합이 자신의 능력을 최대로 발휘할 수 있는 분야라는 것이다. 하나하나 찍어본다.

정말로 잘하는 것(재능), 정말 하고 싶은 것(열정), 사회가 원하는 것(수요), 옳다는 확신이 드는 것(양심).

선배 K가 딸 자랑을 했다. 평소 무뚝뚝했던 그이기에 의아해했다. 동영상을 보여주는데 딸의 꿈과 목표를 담은 것이었다. 바로 자기소개 동영상이다. 아마추어 수준을 넘는 작품성도 놀라웠지만 무엇보다도 임팩트 있게 다가온 것은 그녀가 담은 명확한 꿈의 모습이었다.

동영상을 보고 나면 "아~ 그녀는 ㅇㅇ가 되고 싶어 하는구나. 그리고 무엇을 잘하는구나. 방법도 알고 있구나." 하는 사실을 쉽게 알 수 있었다. 실제로 그녀는 지금 그 꿈길을 걷고 있다.

목표를 정했으면 일단 시작하자.
괴테는 "생각을 행동으로 옮기는 일은 세상에서 가장 어려운 일이다."

라고 했다. 니체는 "행동하는 자만이 배우게 마련이다."라고 했다. "천천히 가는 것을 걱정하지 말고 제자리에 서 있는 것을 걱정하라."라는 중국 속담도 있다. 그야말로 말의 성찬이다. 바로 이 말이 정답이다.

"Just do it!"

목표를 주변 사람들에게 공개적으로 알리자.

아마도 실천의 터보 엔진을 장착한 격이 될 것이다. 일단 말로 뱉어놓고 달성하지 못하면 창피를 당한다. 자신을 궁지로 몰아넣게 되면 강한 책임감을 느끼게 된다. 책임감은 의무감과 함께 강한 실행력으로 승화된다. 개인적으로는 가장 좋은 효과를 경험한 방법이다.

매일매일 자문자답해 보자.

오늘 하루, 나의 목표는 무엇인가? 나는 지금 그 목표를 향하여 행동하고 있는가? 내가 기분 좋은 대답을 할 수 있다면 나는 나를 특별하게 만드는 자신만의 개인 브랜딩을 제대로 하고 있는 중이다.

06
러브마크(lovemark)

21세기 성공 기업은 그 자격 요건으로 러브마크 브랜드를 갖고 있어야 한다고 한다. 그리고 그것을 바탕으로 해서 고객뿐만 아니라 내부 직원, 투자자와 협력업체를 포함하는 파트너, 그리고 지역사회의 모든 사람들이 애정을 갖고 몰입할 수 있도록 하는 것이다. 바로 러브마크 경영 또는 러브마크 브랜딩이다.

러브마크 브랜드는 시간이 흘러도 사람들로부터 사랑과 존경을 받고 있는 브랜드, 삶 속에 스며들어 소비자들의 꿈을 실현시켜 주는 브랜드

향수
재미
사랑

#마님 #스럴 #야반도주

를 말한다. 러브마크는 그 의미를 여러 가지로 정의할 수 있다. 브랜드의 최고봉이다. 가장 높은 경지의 브랜드 위상이다. 가장 좋은 브랜드다.

이것을 사람의 경우에 적용해도 무방하다. 우리도 러브마크 브랜드를 목표로 하자. 러브마크를 사람에 적용시키면 러브마크인(人)인데 그것은 마음으로 연결되는 사람이라고 의미부여를 할 수 있다. 모든 사람들이 애정을 갖고 몰입할 수 있을 만한 사람이다. 된 사람, 난 사람, 든 사람. 이 셋을 합친 사람일 수 있겠다. 그냥 이유 없이 좋은 사람이다. 물론 이러한 사람이 되기란 참으로 어렵다.

브랜드는 소비자와 감성적으로 연결되어야만 열렬히 사랑받는 브랜드가 된다. 감성화는 마음을 얻는 것이다. 브랜드 감성화에는 3가지 버튼이 있다. 바로 향수, 재미, 사랑이다.

향수 버튼을 이루고 있는 것들은 정, 고향, 그리움, 추억이다. 누구에게나 있는 옛 기억을 끄집어내서 정서적 공감대를 형성할 수 있다. 재미 버튼은 희망과 치유라는 긍정심리를 따라 감성을 자극할 수 있다. 사랑은 감성화를 촉진시키는 가장 열정적인 버튼이다.

사람의 경우도 마찬가지다. 러브마크인의 수준이 되려면 이성은 물론이고 감성도 충분히 갖추어야 한다. 감성지수가 높은 사람은 자신이 무엇을 잘하고 무엇을 못 하는지 알고 있다. 감성지수가 높다는 것은 자신의 장점을 최대한 활용하고 단점은 보완하는 방법을 알고 있다는 의미다.

자신이 러브마크가 되고자 하는 것은 하나의 위대한 도전이다. 도전하는 사람만이 미래의 밝은 결실을 거둘 수 있다. 많은 사람들이 저마다 러브마크가 되는 꿈을 가슴에 하나 가득 담고 지녔으면 좋겠다.

07
"내가 십 년만 젊었다면……"

후회는 후회를 낳을 뿐이다. 100% 후회 없는 인생은 없다. 다만 후회를 최대한 줄이는 것이 현실적이다. "십 년만……" 타령을 하지 않는 인생을 살기 위한 첫 걸음은 바로 비전을 확고히 하는 것이다.

세계 아동문학의 고전인『정글북』의 작가 조지프 러디어드 키플링은 강조했다.

"네가 세상을 보고 미소 지으면 세상은 너를 보고 함박웃음 짓고, 네가 세상을 보고 찡그리면 세상은 너에게 화를 낼 것이다."

마치 내가 비전을 세우면 세상은 나에게 함박웃음 같은 할 일을 주고, 꿈을 갖지 못하고 찡그리면 꾸지람을 줄 것만 같은 느낌을 받는다.

『기적의 미션선언서』의 저자 로리 베스 존스는 이렇게 말했다.

"미션선언서는 개인이나 기업의 존재 이유를 문서로 공식화한 것이다. 그것은 이 사회를 살아가는 데 꼭 필요한 매우 실용적인 문서이다. 인생의 항로를 발견하고 항해를 개시하고 그것을 평가하고 수정하고 다시 항해를 개시하는 데 필요한 불변의 기본 틀이 아닐 수 없다. 그것은 진정으로 우리가 원하는 것은 무엇인지, 그것을 이루기 위하여 어떻게 살아야 하는지, 훗날 어떤 사람이 되고 싶은지 등과 같은 중요한 삶의 과제들을 조정하고 감독한다. 따라서 명료하게 만들어진 미션선언서는 인생에 있어서 가장 유익한 친구가 되어줄 것이다."

훌륭한 개인 브랜드가 된다는 것은 곧 누구로부터의 간섭에서 벗어나 자유를 획득하는 것이다. 진정한 자기 독립을 이루는 것이다. 스스로 길을 선택하고 스스로 행복을 찾아나서는 여행을 가는 것이기도 하다. 우리 모두가 독립된 자유를 얻는 개인 브랜드가 되는 그날을 기대하고 준비하자. 물론 그 시작은 자신의 미션선언서, 비전선언문을 작성하는 데 있다.

나는 그 옛날의 <기미독립선언문>을 패러디하면서 나의 브랜드 비전을 선언했다. 당신의 브랜드 비전선언문은 어떠한가?

"우리는 여기에 우리 조선이 독립된 나라인 것과 조선 사람이 자주하는 국민인 것을 선언하노라. 이것으로써 세계 모든 나라에 알려 인류가 평등하다는 큰 뜻을 밝히며, 이것으로써 자손만대에 알려 겨레가 스스로 존재하는 마땅한 권리를 영원히 누리도록 하노라."

----<기미독립선언문>

"나는 여기에 '퍼스널 브랜드 전문가'임을 선언한다. 좋은 브랜딩이 우리의 삶을 좋게 변화시킬 수 있음을 밝히며, 우리 각 개인이 스스로 존재하고 마땅한 권리를 누리는 특별한 브랜드가 될 수 있도록 노력하고 응원하는데 힘쓸 것이다."

----<J의 비전선언문>

08
번데기처럼 참고, 나비처럼 날자!

개인 브랜딩이 잘 된 사람들, 이른바 성공하는 사람들은 끈기가 있다. 끈기는 쉽게 단념하지 않고 끈질기게 견디어 나가는 기운을 말한다. 미국 30대 대통령인 캘빈 쿨리지(Calvin Coolidge)는 끈기에 대하여 다정다감하게 말했다.

"끈기를 대신할 수 있는 것은 없다. 재능도 아니다. 재능이 있는데도 성공하지 못한 사람은 세상에 널렸다. 천재성도 아니다. 버림받은 천

나를 날은 번데기는 어미인가, 내 위크인가?

재성이란 말도 있지 않은가. 교육도 아니다. 세상은 교육받은 낙오자로 가득 차 있다. 끈기와 결단력만이 모든 것을 가능케 한다.”

한 남자가 차를 타고 가다가 갑자기 정신을 잃고 쓰러진다. 20일이 지나서야 잠에서 깨어난다. 의사가 설명하는 그의 상태는 생각했던 것보다 더욱 심각하다. 그는 희귀병인 ‘잠금 증후군’ 판정을 받는다. 잠금 증후군은 생각은 말짱한데 전신이 마비되는 병이다. 오로지 왼쪽 눈꺼풀 하나만을 깜빡일 수 있는 상태가 된 것이다. 기적같이 살아났지만 온전히 살아갈 수 없음에 절망한다. 그의 이름은 보비다.

하지만 그는 그 절망을 딛고 일어서는 감동을 선사한다. 보비의 상태를 정확히 파악한 의사는 그에게 언어 치료사를 소개한다. 치료가 아닌 의사소통을 위한 목적이었다. 재치 넘치는 치료사는 왼쪽 눈만 움직일 수 있는 보비를 위해 특별한 대화방식을 고안해낸다.

치료사가 최종 완성된 문장을 읽어 주고 “말하려는 문장이 이거 맞느냐?”고 물으면, 보비는 눈 깜빡임으로 대답한다. 눈을 한 번 깜빡이면 ‘맞다(Yes)’를 뜻하고, 두 번이면 ‘아니오(No)’가 되는 것이다.

책 한 권을 발간하기까지 ‘20만 번’의 눈 깜빡임이 필요했다. 힘겨운 하루하루를 보내면서도 주인공 보비는 포기하지 않고 매일 6시간씩 글쓰기에 몰두했다. 마침내 그는『잠수종과 나비』라는 제목의 책을 출간한다. 그는 프랑스의 대표적인 패션 월간지 <엘르>의 편집장인 장 도미니크 보비다.

내가『잠수종과 나비』를 장황하게 설명한 것은 끈기의 가치를 선사해준 고마움도 있지만 제목에 등장하는 ‘나비’ 때문이다. 어린 시절 나비는 나에게 신비의 대상이었다. 우연히 나비의 탄생 장면을 본 것이다. 번데기에서 어떻게 그 화려한 나비가 탄생할 수 있단 말인가? 자연스럽게 『잠수종과 나비』는 나에게 <번데기와 나비>로 재해석되었다.

번데기와 나비는 고난을 극복하고 거듭남을 상징한다. 번데기 속의 깜깜한 세계에서 인고의 세월을 견뎌내야만 나비와 같은 화려한 변신을 하여 하늘 높이 자유롭게 날아올라 자기만의 새로운 삶을 살 수 있다는 비유의 대상으로 말이다.

우리의 꿈도 이와 다르지 않다.

성공하는 사람들 대부분도 수많은 역경과 고난을 겪었다. 그러나 그들에게는 포기란 단어는 없었다. 다시 일어섰고 다시 시작했다. 오뚝이가 된 것이다. 특별한 결과는 특별한 노력을 통하여 만들어진다. 우리의 꿈이 나비처럼 훨훨 날 수 있기 위해서는 잠수종이나 고치 속 같은 시련의 시간을 이겨내야 한다. 그 힘을 우리는 '끈기'라고 부른다.

09
그럼에도 불구하고 들이대자

햄릿의 아버지가 갑작스러운 죽음을 맞는다. 아버지의 사인을 몰랐던 햄릿은 자기 앞에 부왕의 혼령이 나타나 알려주는 바람에 숙부 클로디어스에 의해 아버지가 독살됐다는 사실을 알게 된다.

아버지의 원수를 갚을 날만 하루하루 손꼽아 기다려온 햄릿은 마침내 예배 보는 곳에서 클로디어스가 기도하는 장면을 목격한다. 되갚을 기회는 지금이다, 하고 햄릿은 복수의 칼을 빼어든다. 하지만 칼을 빼어 들고 원수에게 다가설 순간 그는 생각한다.

'하나님께 기도하는 시점에 죽음을 맞이하면, 그가 천국으로 간다고

"I am Your Mother"

'내가 니 M이다'

했지? 그를 천국으로 가게 할 수는 없어.' 하면서 햄릿은 벼르고 벼르던 칼을 이내 거둔다.

"당신이 할 수 있다고 하면 할 수 있고, 할 수 없다고 하면 할 수 없다."

헨리 포드의 말이다. 하고 싶다고 생각하면 방법이 생각나고 하기 싫다고 생각하면 변명이나 핑계가 생각난다는 말을 새삼 거론하는 것도 어색하다. 미국의 유명한 저널리스트 스콧 사이먼은 "똑똑한 사람은 하지 말아야 할 똑똑한 이유를 들이댄다. 그러면 아무 것도 되는 일이 없다."고 했다.

사람들은 생각한 바를 즉시 실행에 옮기지 못한다. 아마도 가장 큰 이유는 뭐니 뭐니 해도 실패에 대한 두려움이다. '실패는 성공의 어머니'라는 말은 이제 듣기에 귀가 따가울 정도다. 그래도 아직 깨우침이 부족하다고 판단했는지 스웨덴에서 '실패작 박물관'이 문을 열었다.

이 박물관의 목적은 실패작을 강조함으로써 사람들이 이 실패로부터 교훈을 얻게 하자는 데 있다. '실패'라는 단어는 부정적인 이미지를 풍긴다. 하지만 성공은 수많은 실패가 있었기에 가능하다. 부족한 부분을 보완하기 위하여 그만큼 더 노력하기 때문이다.

『계속해서 실패하라, 그것이 성공에 이르는 길이다』

이게 무슨 뚱딴지같은 소리인가? 다름 아닌 제임스 다이슨의 자서전 제목이다. 제임스 다이슨은 산업 디자이너이자 발명가이고 다이슨의 경영자다. 그가 만든 진공청소기는 '비틀스 이후 가장 성공한 영국 제품'이라는 찬사를 받아왔다. 그는 먼지 봉투 없는 청소기를 개발할 때 5125번 실패했고 5126번째 도전에 성공했다. 수많은 실패 끝에 성공을 이룬 다이슨의 지론은 "성공은 99%의 실패로 이루어진다."는 것이다. 그는 "직원들이 실수하면 일을 빨리 배운다."는 이유로 실패를 장려하기도 한다.

로마의 철학자 세네카는 다음과 같이 말했다.

"어렵기 때문에 못하는 것이 아니라, 시도하지 못하기 때문에 어려운 것이다."

실패를 많이 하는 사람은 그만큼 의욕이 있다는 것이다. 의욕이 없는 사람은 아무 것도 시도하지 않기 때문에 실패할 일이 없다. 그냥 항구에 정박해 있는 배와 같다. 고기를 잡지 못하는 배는 존재의 이유가 없다. 축구에서 최전방 공격수가 골을 넣지 못할 것을 두려워해서 슈팅을 하지 않는다면 그 경기 결과는 뻔할 뻔자다. 패배뿐일 것이다.

10
"이거 좋은 감기약이야"

＼

　로버트 슐러는 미국의 저명한 목회자이자 『적극적 사고방식』이라는 책을 쓴 베스트셀러 작가다. 그가 성공할 수 있었던 이유 가운데 하나가 '긍정'이다. 그는 설교할 때 그가 갖는 긍정적인 사고방식이 강력한 힘을 가진 정신 에너지를 만든다고 한다. 그리고 그 에너지는 사람들을 적극적이고 능동적으로 움직이게 한다는 것이다. 매사에 긍정의 힘을 믿고 임한다면 이루어내지 못할 것이 없다는 것이다.

　긍정의 힘은 '위기는 곧 기회'라는 '위기회(危機會)'의 인식이다. 매사를 어떻게 받아들이느냐에 따라 상황은 달라진다. 긍정의 힘은 불가능한 상황에서도 가능성을 볼 수 있게 한다. 위기의 상황에서도 기회를 찾을 수 있도록 한다. 같은 상황이라도 긍정의 시선으로 보면 긍정의 결과가 나오고 부정의 시선으로 보면 부정적인 결과가 나온다. 귀가 아플 정도로 많이 듣는 그 이야기를 다시 한 번 되새겨 본다.

　"물이 아직도 반이나 남았네."

　"물이 반밖에 없네."

　플라시보 효과(placebo effect)는 긍정의 힘이 어떻게 작용하는지 잘 보여준다. 플라시보 효과는 위약 효과라 하여 의사가 가짜 약을 투여

하면서 진짜 약이라고 하면, 환자는 좋아질 것이라고 생각하는 믿음 때문에 병이 호전되는 현상을 말한다.

군대 시절 생각이 난다. 처방 받은 감기약이 사실은 감기약이 아닌데도 감기약으로 알고 먹으면 감기가 싹 낫던 현상이 그 예이다.

플라시보 효과의 반대편에는 '노시보 효과(nocebo effect)'라는 것이 있다. 환자가 제대로 된 처방약임에도 불구하고 효과가 없다고 생각하고 약을 복용했을 때 효과가 약해지거나 없어지는 현상을 말한다.

개인 브랜딩이 잘 된 사람들은 대체적으로 긍정적인 마인드를 가지고 있다. 여유가 있으며, 나아가 남을 배려할 줄 안다. 긍정적인 사람은 매사에 좋은 면을 보려고 노력한다. 그렇다고 긍정이 무조건 좋은 것만은 아니다. 막연한 긍정은 경계해야 한다. '스톡데일 패러독스'는 이를 잘 설명해 준다.

베트남 전쟁 당시 짐 스톡데일 장군은 다른 포로들이 1년을 버티지 못하고 자살하거나 항복했을 때 그는 무려 8년이나 버틸 수 있었다. 비결이 무엇이었을까? 답은 현실을 직시한 냉정한 긍정이었다. 이는 다른 포로들의 생각과 큰 차이가 있었다. 그들은 '크리스마스 때는 나갈 수 있겠지.', '다음 추수감사절에는 나갈 수 있을 거야.' 하며 막연한 희망을 가지고 조바심을 냈다. 결국 반복되는 절망과 실망감에 버티지 못하고 죽어갔다. 반면 전쟁이 지속될 수 있다는 냉혹한 현실을 직시했던 스톡데일은 전쟁이 끝날 때까지 살아남을 수 있었던 것이다. 막연한 낙관주의, 맹목적인 긍정주의는 회피해야 한다. 이것도 스스로 하는 일종의 희망 고문이기 때문이다.

긍정의 힘은 어떻게 얻을 수 있을까?

전문가들의 의견을 들어본다. 답은 훈련이다. 끊임없이 긍정의 훈련을 반복하면 생각지도 못한 놀라운 결과를 얻을 수 있다. 끊임없는 반복의 목표점은 습관이다. 긍정적인 사고가 습관이 될 때까지 하루하루 게으름이 없어야 한다.

하루아침에 되는 일은 아니지만, 마음속에 기생하고 있는 부정적인 생각이나 감정을 쫓아내는 것을 습관화하고 긍정적인 생각이 자연스럽게 표출되도록 해야 한다. 우리 스스로에게 다정히 건네 보자.

"그래, 잘 될 거야."

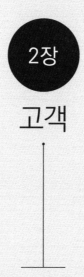

2장

고객

밝고 명랑하게 '님'을 안자.

고객은 공기다.

고객은 우리의 존재 이유다.

∩1
"내 님은 누구일까? 만나보고 싶네."

아침 일찍부터 독서 동아리 카톡방에 불이 붙었다. 한 회원이 원망으로 가득 찬 내용을 올렸기 때문이다. 평소 착하기 그지없는 그 회원이 분노한 배경은, 온라인으로 주문한 책을 받아보았는데 활자가 너무 작아 읽기가 곤란하다는 것이었다. '고객에 대한 배려'가 없는 무식한 출판사라는 독설과 함께 출판사의 앞날이 걱정된다고 했다.

브랜드의 존재 이유는 고객에 의해서 결정된다. 브랜드의 궁극적인 목표는 100년 동안, 아니 영원히 고객의 사랑을 받는 것이다. 그러한 경지에 이른 브랜드를 세칭(世稱) 러브마크(Lovemark) 브랜드라고 한다. 고객이 무조건 좋아하는 브랜드. 본인은 물론이고 남들에게도 추천하고 홍보하는 그런 브랜드. 교과서에 나오는 아이폰, 할리 데이비슨, 그리고 또.......

한 사람을 하나의 브랜드로 인식하는 퍼스널 브랜딩에서도 고객의 중요성은 아무리 강조해도 지나침이 없다. 퍼스널 브랜딩에 있어서 고객 찾기는 오히려 애달다. 나 자신의 문제이기 때문이다. 추억의 가요 <호반의 벤치>가 자연스럽게 입에서 맴돈다. 그 노래에는 다음과 같은 가사가 나온다.

"내 님은 누구일까? 어디 계실까? 무엇을 하는 님일까? 만나보고 싶네. ......"

우리는 어떤 고객을 1순위로 정하며 그와 어떤 관계를 구축하고 있는가? 제1고객을 누구로 설정하느냐에 따라서 자신의 브랜딩 전략이 결정된다. 고객은 변한다. 방심하면 고객은 경쟁자에게로 즉시 고개를 돌린다. 고객은 나뿐만 아니라 어장을 관리하듯이 많은 애인을 관리하고 있다. 고객이 도망가지 못하도록 밧줄로 꽁꽁 묶자.

그러나 일방적인 짝사랑은 한계가 있다. 고객이 안고 있는 문제의 해결사가 되어야 한다. 고객과 함께 꿈, 희망, 행복의 공동체가 되어야 한다. 좋은 개인 브랜드는 그렇게 완성된다.

02
푸쉬(Push) 전략과 풀(Pull) 전략

회사가 존재하는 데 필요한 핵심요소 중의 하나가 고객이다. 그래서 "첫째도 고객, 둘째도 고객, 셋째도 고객"이라는 말이 설득력 있게 다가온다. 개인의 경우도 마찬가지다. 내가 좋은 개인 브랜드로 존재하기 위해서는 나를 응원하거나 또는 나를 찾는 고객이 있어야 한다.

나의 존재가치를 입증해주는 고객, 그 중에서도 핵심 고객, 그는 어디에 있는 누구인가? 핵심 고객은 가장 중요한 딱 한 사람, 가장 중요한 집단인데 그것을 꼽는다는 것은 쉬운 일이 아니다. 이리 보고 저리 볼 때마다 모두가 중요한 핵심 고객인 듯이 보이기 때문이다.

개인 브랜드는 고객의 평가에 의해서 만들어진다. 당신이 직장인이라고 가정해 보자. 당신을 평가하는 사람들은 누구인가?

우선 회사 내부와 회사 밖으로 나눌 수 있다. 회사 안에서는 사장, 경영진, 동료, 부하, 후배까지도 당신을 평가하게 된다. 회사 밖으로는 현재의 클라이언트부터 잠재 고객까지 당신을 아는 주변 사람들 모두가 당신을 평가하는 사람에 해당한다. 넓게는 가족도 포함된다.

이러한 사람들의 평가가 모여서 당신이라는 개인 브랜드가 구축된다. 그들의 평가가 좋으면 당신은 그만큼 시장가치가 높은 개인 브랜드가 되는 것이다.

나에게 좋은 영향력을 제공하는 핵심 고객은 실제로 많지 않다. 내가 인기 연예인 아이돌 스타(Idol star)가 아니기 때문이다. 그 소수의 핵심 고객에게 내가 없으면 안 될 것 같은 로열티를 만들어 주어야 한다.

우선 고객을 세그먼트하자. 세그먼테이션의 시작은 사람들이 저마다 '다르다'는 점에 기반하고 있다. 일률적인 기성복이 아니라 맞춤 양복을 제공해야 한다는 뜻이다. 관계된 모든 사람을 내 편으로 만들기는 어렵다. 당신의 메시지에 더 귀를 기울이고 장기적으로 좋은 관계를 맺을 가능성이 높은 사람에게 초점을 맞추어야 한다. 비즈니스 중심의 고객인지 아니면 사람 중심의 고객인지를 살펴보자.

고객에 대한 이해 방법은 크게 두 가지다.

하나는 고객이 무엇을 원하는지, 무엇을 기대하는지 꾸준히 공부하는 것이다. 그리고 그 기대를 충족시키기 위하여 꾸준히 자기 역량을 쌓아가는 것이다. 전통적인 방법이다.

또 다른 하나는 이른바 스티브잡스 식 방식이다. "고객들은 자신이 무엇을 원하는지 모른다."라는 그의 말처럼 나 자신을 혁신적인 브랜드로 만들면 고객은 나를 좋아하고 필요로 할 것이라는 이야기다.

전자는 푸쉬(Push) 전략이고 후자는 풀(Pull) 전략이다. 우리는 지금 어떤 전략으로 고객을 섬기고 있는가?

03.
좋은 말 걸기가 고객 만족의 시작

영업을 위해 비슷한 시점에 3개의 고객회사를 방문한 적이 있는데, 세 가지 색깔의 응대 방법을 경험했다. 나름대로 차이가 나는 묘한 통찰을 얻었다. 통찰의 결론은 상대방에 대한 배려에 관한 것이었다.

먼저 A사, 중견 광고회사다.

안내 데스크에서 계란형 얼굴에 댕기머리의 고전미를 풍기는 여직원이 방문객을 응대하고 있었다. 방문 목적을 이야기하려는데 그녀가 먼저 "어디서 오셨어요?" 하고 물었다. 늘 들어왔던 질문인데, 이날은 약

간의 반감이 들어서 즉답을 하지 못했다. 어느 부서에 누구를 만나러 왔느냐는 질문이 적절하다는 생각이 들었기 때문이다.

이런 고민을 하고 있는데 그녀가 다시 질문을 했다.

"어디서 오셨어요?"

회사 이름을 대면서 대답을 했다. 표정이 싸늘해지더니 냉정한 목소리로 "저기 저쪽에서 기다려주세요. 담당자에게 연락하고 알려 드릴게요."

예기치 못하게 기분 나쁜 경우를 당한 이유가 무엇인지 생각해 보았다. 열등의식 때문이었다. 필자의 회사는 중견 헤드헌팅 회사인데 인지도가 그리 높지 않다. 예전에 대기업에 다닐 때는 주저 없이 신속하게 대답했던 기억이 떠올랐다. 우려는 현실로 나타났다. 안내 데스크 여직원은 나를 잡상인 대하는 눈빛으로 쳐다보았다.

"누구를 만나러 왔느냐? 왜 왔느냐?"

이렇게 물어야 온당하다. 방문 목적이나 만나고자 하는 사람이 핵심인데 굳이 어디서 왔느냐고 묻는 것은 본질에서 벗어난 질문이다. 강남에서, 아니면 부산에서 왔다고 대답할 수도 있지 않는가?

B사. 우리나라의 대표적인 유가공 식품회사다.

이 회사는 여성들이 안내를 맡고 있는 대부분의 회사들과는 달리 남자들이 안내 데스크를 지키고 있었다. 마치 경비회사 아닌가 하는 인상을 받았다. 조심스럽게 다가가 방문목적을 이야기하려는데 대뜸 이러한 질문을 받았다.

"어떻게 오셨어요?"

순간 놀랐다. 여기서도 예상 밖의 질문을 받았기 때문이다. "어디서 오셨어요?" 하는 질문에 당황했던 기억이 다시 떠올랐다. 이럴 경우에는 어떻게 대답해야 하는가? 물론 어디서, 왜, 누구를 만나러 왔느냐는 질문일 것이나 선뜻 그런 의미로 받아들여지지 않았다.

전철을 타고 왔다고 하면 '아재 개그'라는 평을 들을 수 있을지도 모른다는 생각이 들기도 했다.

C사. 유무선 인터넷 통신회사다.

1층 로비에 들어서면서부터 기분이 좋았다. 넓은 휴게공간에 의자와 테이블이 군데군데 있었다. 방문객을 위한 편의시설이었다. 처음 방문이라서 여유 있게 온다는 것이 30분이나 일찍 도착했다. 습관이 됐는지 안내 데스크에서 방문 고객에게 어떻게 질문하는지 지켜보게 되었다. 결과는 흡족했다.

"어느 부서 누구를 만나러 오셨어요?"

대부분의 질문이 이런 식이었다. 물론 내가 받은 질문도 같았다.

"어느 부서의 누구를 만나세요? 약속은 하셨죠?"

나는 자연스럽게 답변할 수 있었다.

혹자는 이렇게 말할 수도 있을 것이다. 할 일 없으니 별걸 다 트집을 잡는다고 말이다. 그러나 세 가지 질문에는 분명히 차이가 있었다. 그 차이의 기준은 고객 지향적이냐, 아니냐 하는 것이다. '어디서, 어떻게'는 잡상인 취급하는 일방적인 태도다. 반면 '누구를 만나러'는 고객을 대하는 태도다.

의심이 나면 직접 경험해 보시라. 인포메이션 데스크는 방문자에게 첫 인상을 주는 곳이다. 전략적으로 관리해야 한다. 당연히 C사를 좋은 이미지의 회사로 기억에 담았다.

소설도 첫 문장이 중요하다. 작가는 기억에 남는 첫 문장을 만들기 위해 고심한다.

"재산깨나 있는 독신남은 아내가 꼭 필요할 것이라는 점은 누구나 인정하는 보편적인 진리이다."-<오만과 편견>.

"모든 행복한 가정은 다 비슷한 모양새지만 불행한 가정은 제각각 불행의 이유가 다르다."-<안나 카레니나>.

"엄마를 잃어버린 지 일주일째다."-<엄마를 부탁해>.

이러한 인상 깊은 첫 문장은 소설을 브랜딩 하는 데 큰 기여를 했을 것이다.

사람 사이도 마찬가지다. 소설이 첫 문장이라면 사람은 첫 말 걸기다. 좋은 말 걸기가 고객 만족의 시작이며 나를 브랜딩 하는 첫 걸음이기도 하다.

04
일기일회(一期一會)

'딩동' 소리를 내며 사내 메일 하나가 도착했는데 눈이 번쩍 뜨이는 내용이었다.

'오늘 중요 고객회사가 거래를 중지하겠다고 통보해 왔습니다. 이를 반성의 계기로 삼고 또한 새로운 도전의 기회로 삼아야 하겠습니다. 해지 사유는 고객의 요구에 제대로 솔루션을 제공하지 못했기 때문입니다.'

여기서 제대로 된 솔루션이라는 표현이 의미하는 바가 크게 다가왔다. 뭔가를 주긴 주었는데 경쟁사에 비하여 상대적으로 매력적인 것을

〈매슬로우의 욕구 5단계를 한번에〉

1. 존중받는 공간에서

2. 안전을 기하면서

3. 애정을 듬뿍 담아

4. 생리를 해결할 때

5. 비로소 자아가 실현된다

제공하지 못했음을 말한다. 고객이 있어야 회사가 존재한다는 진리를 새삼 되새겼지만 새로운 고객을 모셔 와도 부족한 마당에 기존 고객을 떠나보냈으니 무거운 한숨과 걱정만 가득했다.

이야기 형식의 자기계발서로 유명한 『마시멜로 이야기』에는 타인이 나를 도와주도록 만드는 여섯 가지 방법을 제시하고 있다. 그 중의 하나가 '뭔가를 줘야 한다.'는 것이다. 우리가 익숙하게 들어왔던 'give & take'의 원리다.

문제는 '줄 것이 무엇이냐?'이다. 주는 것에는 여러 가지가 있을 수 있으나 대상자의 욕구 수준에 적절히 대응하는 것이 가장 현실적인 방법이다. 매슬로우의 욕구 5단계 학설을 보자. 인간은 생리욕구, 안전욕구, 애정욕구, 존경욕구, 자아실현욕구 등 5가지 욕구를 추구한다고 한다. 내가 무엇을 주고자 하면 우선 상대방이 어느 욕구에 목말라하는지 알아내는 일을 해야 한다. 우리의 고객은 지금 이 순간 어느 욕구의 단계에 있는가?

고객의 욕구를 알아내기는 쉽지 않다. 끊임없는 관심과 애정이 있어야 가능하다. 즉 일기일회(一期一會)다. 고객과 만나는 이 시간은 두 번 다시 오지 않을, 단 한 번뿐인 것이다. 그러므로 이 순간을 귀하게 여기고 지금 할 수 있는 만큼 최고로 고객을 대하자. 그러한 노력을 기울이면 고객은 떠나지 않을 것이다.

김창옥이라는 스타 강사의 기사를 읽은 적이 있다. 이 자리까지 오게 된 비결과 그 이면의 인간적인 고민을 다룬 기사였다. 고민 가운데 하나가 '자아상실'인데 그 고민을 해결하는 방법으로 연기에 도전한다고 했다. 그러면서 다음과 같은 말을 했다.

"사람 상대하는 게 힘들어요. 강연장에서 늘 밝게 웃으면서 나를 몰아붙이다 보니 정기적으로 우울증이 왔어요. 청중한테 맞추다 제가 완전히 없어진 겁니다. 어느 순간 김창옥은 사라지고 강사만 남은 거죠."

마음이 찡했다. 고객을 대하는 자세에 대하여 어떤 '경지'를 느꼈기 때문이다. 스타 강사라는 상징은 청중에 대하여 저 정도로 몰입한 결과로구나 하는 공감을 얻을 수 있었다. 고객에게 혼을 쏟아 붓는 그를 나쁘게 볼 하등의 이유가 없었을 것이다. 이 역시 청중을 만나는 그 순간 일기일회를 실천한 대표적인 사례가 아닌가 한다.

명품 브랜드는 고객이 도망가지 않는다. 아니 집착할 정도로 오히려 따라붙는다. 퍼스널 브랜드도 마찬가지다. 퍼스널 브랜드가 되려면 고객의 욕구를 알고 그 욕구를 충족시키기 위하여 고객에게 일기일회(一期一會)해야 한다. 우리도 못할 이유가 없다. 실천해 보자.

05
"9시까지 보내 드리겠습니다."

예전 어느 '고객초청골프대회' 이벤트 행사에서의 이야기다.

그 행사는 세칭 VIP(Very Important Person, 중요한 고객 또는 지명도가 높은 고객)를 대상으로 하는 고객만족 행사였다. 그런데 공교롭게도 VIP 가운데 딱 한 사람의 여성 임원이 있었다. 그는 회사에 막강한 영향력을 행사하는 세칭 무거운 '갑'님이었다.

행사가 순조롭게 진행되던 도중에 갑자기 한 바탕 소란이 일어났다. 그 홍일점 임원이 자신의 반지가 없어졌다는 주장을 하고 나선 것이다. 라운드 동반자들이나 행사 주관자들 모두가 당혹스럽기 그지없었다.

'골프를 치는데 굳이 왜 반지를 끼고 왔을까?' 하는 마음으로 모두들 이것은 '노적가리에서 벼룩잡기'보다 더 어려운 일이라고 생각했다. '어쩔 수 없지 않느냐?'고 그 '갑'님을 설득하기로 했다. 아니 설득이라기보다 곤란한 상황을 어물쩍 넘겨보자는 심산이 더 컸다.

그런데 갑자기 그린을 가로지르는 묵직한 남자의 목소리가 들려왔다. 바로 K였다. 그는 앞으로 나서며 이렇게 말했다.

"어려운 일이지만 최선을 다해보겠습니다. 남은 라운드 즐겁게 운동하시기 바랍니다."

이렇게 말하며 어디에 숨어 있는지 모르는 그 반지를 찾아보겠다는 의지를 분명히 했다. 모두가 "아니오."라고 말할 때 나는 "예."라고 한다는 어느 광고의 주인공이 갑자기 화면 밖으로 나와서 우리 곁에 온 것 같았다.

좀 과장되게 표현하면 그의 행동은 바로 의인(義人)의 모습 그 자체였다. '반지의인!' 그는 실제로 '반지의인'이 되었다. 잃어버릴 뻔한 그 반지를 찾아내는 기적을 연출했기 때문이다. 또한 고객감동의 대명사가 되었다.

그 여성 VIP 고객은 말했다.

"포기하지 않고 찾아보겠다는 그 한 마디 말만으로도 고마움을 느꼈다."

그런데 실제로 반지를 찾아주었으니 그 고객은 감동, 아니 기절(?)을 할 수밖에 없었을 것이다. 반지를 찾았다는 소식을 듣고서 처음에는 새로 사온 것 아닌가 하는 생각까지 했다고 한다.

영화 <인턴>에는 공감이 가는 장면이 많다. 그 중에서도 특히 기억나는 장면은 고객의 불만에 대하여 젊은 여성 CEO가 응대하는 상황의 장면이다.

"판매점에 연락해서 오늘 안으로 문제를 해결하겠습니다. 직접 가서 제가 눈으로 확인한 후에 배송해 드리겠습니다. 금요일 오전 9시까지 받아보실 수 있으실 것입니다."

결과는 어떻게 되었을까? 그 고객은 불만이 해소된 것을 넘어서 그 회사의 충성 고객이 되었다. 고객만족을 위한 CEO의 적극적인 실천의 결과다.

골프장 반지의 감동, 영화 속 여성 CEO의 감동... 이러한 고객 감동을 창조하는 힘은 어디에서 나오는가? 답은 고객의 입장이 되어보는 것이다. 매일 듣는 이야기지만 차이는 거기에서 발생한다. 바로, 내 일처럼 여기는 헌신적인 실천이다.

'못' 해서 '안' 하는 것이 아니라 '안' 해서 '못' 하는 것이다.

06
"왜 왔다 갔다 하세요?"

십 수 년 전, 골프에 입문할 때였다.

초보자에 대한 코칭(Coaching)의 핵심은 '일관성'이었다.

"골프는 본질적으로 심플한 운동입니다. 드라이버, 아이언, 퍼터 등 도구가 과학적으로 설계되어 있기 때문에 일관성, 즉 똑같은 자세를 유지하면 방향과 거리는 확보됩니다."

이렇게 무서운 여성 코치는 강조했다.

이론대로 된다면 걱정할 것이 무엇이겠는가?

결과적으로 필자는 그 단순하기 그지없는 일관성을 제대로 따라하지 못했다. 결론은 '영원한 골프 유망주'라는 지인들의 비아냥거림으로 나타났다. 그래서 일관성이라는 말은 나에게 하나의 트라우마(trauma, 심리학에서의 '정신적 외상')로 남아 있다.

브랜드가 소비자의 사랑을 받기 위해서는 몇 가지 지녀야 할 요소가 있다. 필자가 생각하는 것은 다음의 네 가지, 즉 일관성, 스토리, 차별화, 이미지가 바로 그것이다.

그 가운데서도 일관성의 확보와 유지가 가장 중요하다. 지키기가 가장 어렵기 때문이다. 일관성은 컨셉의 일관성을 유지하는 것을 의미한다. 시각적인 메시지와 언어적인 메시지가 하나의 일관된 프레임 안에서 전달이 되어야 한다. 그래야 일관된 이미지 형성이 가능하다.

사람도 상품 브랜드의 경우와 다르지 않다. 일관성은 우리가 살아가는 데 있어 갖추어야 할 중요한 덕목 가운데 하나다. '사람의 일관성'에 대한 인식이 궁금하여 주변 사람들에게 간이 설문조사를 해보았다. 놀랍게도 예상 밖의 대답이 많았다. 그 중 대표적인 것은 '사람의 일관성'을 변화에 적응하지 못하는 고집불통 인간으로 받아들이는 사람도 있다는 사실이다.

진정한 일관성은 천년만년 변치 않는 것이 아니다. 시대의 흐름과 맥락을 같이 하면서도 핵심가치를 잃지 않는 것을 말한다. 그런 의미에서 맹자가 공자를 인정하고 평가한 말이라는 '성지시자(聖之時者)'에 주목할 필요가 있다.

공자는 성인 중에서도 시대의 변화를 가장 잘 읽고 이끌어간다는 말이다. 핵심은 유지하면서도 변화는 수용한다는 것이고 늘 새로우면서도 한결같은 일관성을 유지한다는 설명이다. 맹자가 공자에게 엄지 척으로 인사한 이유다.

사실 우리의 생활은 일관성 결여의 연속이다. 술을 먹기 전과 후가 매우 달라지는 주사(酒邪), 반복되는 정치인의 선거 공약(空約), 사랑하는 마음의 변심, 깨진 우정, 정책의 갈팡질팡, 마케팅 전략의 흔들림과 뒤틀림.......

이러한 일관성 없음의 공통점은 더 이상 친구나 고객, 나아가 국민 등 상대방과의 관계가 좋게 유지되지 않도록 만든다는 점이다.

영국의 정치가 벤저민 디즈레일리는 "성공의 비밀은 목표의 일관성에 있다."는 말을 남겼다. 목표가 일관되면 그 도전도 일관된다. 일관성을 유지하기 위해서는 무엇을 해야 할까? 일관성은 아직도 한결같음을 말한다.

결론적으로 '사랑'이 만병통치약이다. 사랑하는 마음이 없으면 일관성이라고 하는 특별함의 가치가 생겨나지 않는다. 사랑은 모든 것이라고 했는데 일관성도 곧 사랑이다.

07
"도끼를 가는 데 45분을 쓰겠다."

고객과의 만남은 '고객 평가의 최전선'에 임하는 것이기도 하다. 그러기에 치밀한 사전준비가 필수다. 준비의 달인이라는 K의 실천 방안을 소개한다.

첫째는 구체적인 목표다.

나는 오늘 고객을 만나서 무엇을 얻을 수 있는가? 무엇을 달성하고 싶은 것인가?

둘째는 목표 달성을 위한 구체적인 계획이다.

6하 원칙으로 준비하면 큰 무리가 없다.

세 번째는 도구다.

나의 방문 목적을 효과적으로 어필하는 데 필요한 각종 장비다.

그는 이러한 큰 기준 아래 이른바 <첫 만남을 의미 있게 만드는 따뜻한 세 문장>을 준비한다. 다음과 같은 것이다.

반갑습니다.

1. 만남의 계기를 상기시킨다. 주선해준 사람에게 고마움을 전한다.

2. 인연을 부각시킨다. 사전에 철저한 공부를 해야 의미를 부각할 수 있다.

3. 필수 준비물을 잘 챙긴다. 명함, 회사 소개서, Gift 및 스토리

약속합니다.

1. 어디서나 사람이 중심이다. 고객을 도와줄 조직의 맨 파워를 제시한다.

2. 기술력과 System 파워가 업무의 핵심이다. 사례와 함께 소개한다.

3. 역사, 평판 등 종합적인 가치 창출 역량을 설명한다.

비즈니스는 결국 일 중심이 돼야 한다. 고객에게 도움을 줄 수 있다는 종합 역량을 설득력 있게 전달해야 한다. 역량의 패키징(packaging)은 계량적인 방법이 가장 효과적이다. 과학적이고 객관성을 확보할 수

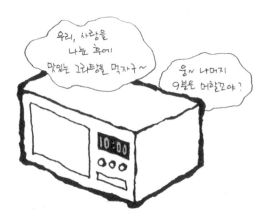

있다. 즉 숫자로 의미를 부여하는 방식이다.

함께 갑시다.

1. 함께 성공하는 미래 비전을 생생하게 전달한다.
2. 가치를 서로 주고받는 선순환 모습을 그려준다.
3. 의미 있는 동반자, 파트너로서의 이미지를 심어준다.

"나에게 나무를 베는 데 딱 한 시간이 주어진다면, 난 도끼를 가는 데 45분을 쓰겠다."

미국 16대 대통령 에이브러햄 링컨의 말이다. 준비를 철저히 잘해야 일을 잘 마무리할 수 있다는 의미다. 철두철미한 준비의 중요성을 강조하는 명언으로 널리 인용된다. 우리가 자주 들어왔던 유비무환, 역시 뜻 그대로 준비의 중요성을 담고 있는 말이다.

로마 시인 오비디우스는 "기회는 어디에도 있는 것이다. 낚싯대를 던져 놓고 항상 준비태세를 취하라. 없을 것 같아 보이는 곳에도 언제나 고기는 있으니까."라고 말했다. 미국의 사상가이자 시인인 랄프 왈도 에머슨은 "기회가 없음을 두려워하지 말고 준비가 되어 있지 않음을 두려워하라."라며 준비의 중요성을 역설했다.

고객과의 시간은 금보다 더한 다이아몬드다. 한정된 시간을 최대한 가치 있고 생산적인 시간으로 만들어야 한다. 준비가 잘 되면 과정이나 끝도 좋다. 우리도 준비를 잘하는, 그래서 다이아몬드 같은 개인 브랜드로 거듭나자.

08
"사랑은 움직이는 거야."

여: "내가 니 꺼야? 난 누구한테도 갈 수 있어."
남: "내가 잘못했어, 돌아와 줘."
여: "사랑은 움직이는 거야."

오래 전에 유행했던 광고 카피다. 당시 '신세대 사랑법'으로 주목을 받았었다. 삼각구도에서 상처받는 제3자의 모습을 새삼 주목하게 했다. 특히 "사랑은 움직이는 거야."라는 메시지는 묘한 안타까움을 일게 했다. 사랑은 영원하다고 말하고 싶었기 때문이다. 아쉽게도 일편단심은 낡은 사랑법이 되었다.

'굳은자'라는 말이 있다. 같은 화투 패 넉 장에서 누가 먹어 가고 남은 두 장 가운데 한 장을 뜻한다. 말하자면 누가 가지게 될지 이미 정해져 있는 물건이라는 뜻이다. 정치권에서 선거 때 표현하는 '집토끼'가 여기에 해당된다. 일방적으로 자신에게 유리한 목표물을 말한다.
명절 때 시골 부모님과 화투를 치는데 어머니가 한 마디 하신다.
"굳은자도 빼앗길 수 있는 겨~!"
무슨 의미인가?

아마도 다른 데 정신 팔면 뭐든 다 도망갈 수 있다는 것을 지적하신 듯하다. 화투에 잘 집중하지 못하는 나에게 하신 말씀이다.

세상에는 어머니의 품을 제외하고는 영원히 안전한 곳은 없는 듯하다. 고객의 마음도 마찬가지다. 고객은 흔들린다. 움직인다. 나보다 경쟁자가 조금만 더 좋은 것을 주어도 그간 쌓은 정을 떼어낸다. 나를 버리고 경쟁자에게로 간다. 고객과 나 그리고 경쟁자는 밀물과 썰물 같은 삼각관계의 본질을 가지고 있다.

김장 준비를 위하여 가락동 농수산물시장을 찾았다. 전년도에 좋은 기억이 있어서 그 집을 찾는데 1년 만에 오니 헛갈렸다. 이쯤일까 하고 망설이는데 앞에서 털모자를 깊게 눌러쓴 남자분이 우리에게 손짓하며 말했다.

"왜 우리 가게로 안 오시나 했어요. 작년에도 오셨잖아요. 저는 한 번 본 고객은 꼭 기억합니다. 관심을 가지고 있기 때문이죠."

예전에 여의도에 있는 국밥집에서의 경험이다. 두 번째 방문한 날인데 주인아주머니가 내 얼굴을 보더니, "국밥 하나요, 고기 빼고 대신 콩나물 많이요" 하고 주방에 주문을 넣는 것이 아닌가!

"제가 고기 빼고, 콩나물, 이것을 어떻게 아세요?"

내가 물었다.

"그 전에 오셨잖아요. 기억합니다. 손님 관찰하는 일이 저희 일입니다."

국밥집 아주머니의 대답이었다.

고객이 나를 참새 방앗간처럼, 김유신의 말이 찾아갔다는 천관녀의 그 집처럼, 그냥 가고 싶은 곳, 그냥 머물고 싶은 곳, 그냥 보고 싶은 곳으로 인식하게 할 수는 없을까?

국밥집이나 농수산물시장 가게 주인들의 말 속에 해답이 들어 있다. 고객에 관심(觀心)을 가지고 관찰(觀察)을 하면, 고객의 마음을 관통(貫通)하는 그 무엇을 발견할 수 있고 이러한 '3관'이 밑바탕이 되면 그 고객은 평생 관계(關係)가 맺어지고 영원한 관객(觀客)이 된다는 것이다. 고객의 마음을 잡는 법, 바로 '5관'이다.

09
"외우자, 필살기 공식"

　고객의 일반적 특성 가운데 하나는 자주 변한다는 사실이다. 실무에서부터 나아가 임원, 그리고 CEO에 이르기까지 코드가 맞을 때쯤이면 파트너는 허망하게도 작별인사를 한다. 처음부터 다시 시작해야 한다. 그럴 때마다 한결같은 이야기가 들려온다.

　"구관이 명관이다."

　매번 어떻게 대응해야 할까?

　푸쉬 전략은 적극적으로 고객에게 상품을 소구하는 방법이다. 고객의 니즈(Needs)나 욕구(Wants)에 일일이 대응하는 수고스러움이 따른다. 반면에 풀 전략은 고객을 상품으로 끌어들이는 전략이다. 고객이 찾아오니 앉아서 하는 편한 장사다. 풀 전략의 고객 관리를 위해서는 '필살기(必殺技)' 장착이 필수다. 고객이 이유 없이 스스로 찾아올 리 없다.

　필살기는 싸우는 기술 중에서 가장 활성화되고 집약적인 기술이다. 피니셔(Finisher)라고도 하고 그것을 지닌 사람을 뜻하기도 한다. 변화경영 전문가 구본형은 필살기를 깔끔하게 정의했다.

　"필살기는 가장 잘할 수 있는 죽여주는 기술이다. 내 평범한 재능을 비범하게 숙성시키기 위해 내일이 없는 듯 오늘을 다 던져 얻어내는 것이다. 그것은 동시에 우리 자신을 걷어차 앞으로 나아가게 한다.”

관련 자료나 사례를 살펴보면 필살기를 갖춘 피니셔(Finisher)가 되기 위해서는 다음 세 가지 조건이 만족되어야 한다고 한다. ‘발견하기(Finding)’, ‘실전같이 훈련하기(Fighting)’, ‘피드백하기(Feedback)’. 즉 Finisher=finding+fighting+feedback이다.

이른바 ‘F=3f’라는 필살기 공식이다.

첫째는 자신이 가진 강점과 재능을 발견하는 것이다.

『위대한 나의 발견, 강점 혁명』의 저자 마커스 버킹엄의 정의에 따르면 ‘강점이란 한 가지 일을 완벽에 가까울 만큼 일관되게 처리하는 능력’이라고 한다. 그 능력은 반복 가능해야 하고 그 일을 수행했을 때 만족감을 느껴야 하며, 마지막으로 실제 과업의 성과에 영향을 미칠 수 있어야 한다.

두 번째 필요한 것은 ‘훈련’이다.

‘신중하게 계획된’ 훈련을 해야 한다. 신중하게 계획되었다는 것은 얻어야 할 성과를 분명히 하고, 이를 향상시킬 목적으로 설계되어야 하는 것을 말한다. 지속적으로 스스로를 단련하여 목표 이상의 결과를 얻어내야 한다. ‘훈련은 실전같이, 실전은 훈련같이!’라는 말이 이 단계에 해당한다.

마지막은 피드백이다.

훈련에는 피드백을 줄 수 있는 고수와의 상호작용이 무엇보다도 중요하다. 『탤런트 코드』의 저자 대니얼 코일은 이를 '마스터 코칭'이라고 부른다. 고수의 피드백이나 코칭으로 우리는 보다 빠르고 정확하게 올바른 수행방법을 배우고 시행착오를 줄일 수 있게 된다.

최고의 필살기는 고객이 도움을 필요로 할 때 도움을 줄 수 있는 기술이다. 나만의 서비스 카리스마를 지니자. 고객에게 가치 있는 파트너라는 인식을 갖도록 하자. 고객이 "아, 당신이 없으면 제가 불편합니다."라고 느끼게 만들자.

고객에게 제공하는 탁월한 서비스란 곧 자신의 실력을 입증하는 것이다. 어느 바리스타는 커피 한 잔에 혼을 담는 사람이라는 평을 듣는다. 어느 자동차 세일즈맨은 경쟁사 자동차의 속살까지도 이곳저곳 소상히 알고 있다는 칭찬을 받는다.

우리는 명탐정 셜록 홈즈가 되어 고객의 신호를 귀신처럼 캐치하기 위해 노력해야 한다. 또한 궁예의 관심법(觀心法)처럼 고객의 마음을 알아채기 위하여 부단히 노력해야 한다.

그러한 노력을 통하여 고객을 영원히 나의 동반자로 내 곁에 꽁꽁 묶어둘 수 있다. 이것이 내가 존속하고 발전하는 힘이고 퍼스널 브랜딩이다. 세상살이 쉬운 것은 단 하나도 없다.

10
"있을 때 잘해!"

확증편향이라는 심리학 용어가 있다. '믿고 싶은 것만 믿는 아전인수(我田引水) 식 심리', 보고 싶은 것만 보고 듣고 싶은 것만 듣는 심리 현상이다. 여기에다 자기가 하고 싶은 말만 하는 것을 덧붙여야 할 것 같다.

참 많은 일들이 일어나는데 보고 싶은 것만 보고, 듣고 싶은 말만 들었다면 다시 되돌아보면서 잘잘못을 따져보아야 한다. 그만큼 보이지 않는 오류가 숨어 있을 수 있기 때문이다.

신제품의 맛과 컨셉에 대한 사전조사 결과를 발표하는 자리였다. 조사 결과가 일부 부정적인 내용이 포함되었다. CEO는 이렇게 말했다.

"우리 제품에 대하여 그런 평가가 나올 리 없어."

그러면서 오히려 조사방법

에 대한 오류를 지적하는 것이었다. 물론 조사가 항상 옳을 수는 없다. 그러나 CEO의 생각도 타당하지는 않다. 자기의 기업에 또는 제품에 유리한 정보는 중요하게 여기는 반면 이에 반하는 정보는 무시하거나 축소하고 심지어 폐기까지 시켜 버린다. 확증편향의 늪에 빠진 것이다.

고객과의 관계에서 이러한 현상이 발생한다면 그야말로 문제다. 어느 신문 칼럼에서는 이러한 현상을 '보고도 못 보는 병'이라고 표현했다. 고객은 갑과 을의 관계로 표현된다. 양자의 관계는 수평적인 관계가 되어야 한다. 어느 일방으로 치우치면 안 된다. 양자의 노력이 모두 필요하다. 큰 흐름으로 볼 때 갑은 내려놓아야 하고 을은 자기주장을 더해서 무게를 올려야 한다. 마치 재미있는 시소를 타는 관계가 되어야 한다. 스포츠 경기도 시소게임이 재미있는 것처럼 말이다.
갑의 입장일 경우에 특히 반성해야 한다. '갑질'이라는 말은 우리 사회에서 가장 저질이라는 말과 동격으로 통한다. 을의 입장일 경우에도 이전과는 다른 생각을 가져야 한다. 맹목적인 서비스 자세는 시정되어야 한다. 갑질에만 욕을 할 수 없다. 갑에게 당당하지 못한 대응은 '을질'일 수 있다. 을도 많이 변해야 한다.

어느 갑. Lee
그는 친절하기도 했지만 겸손하기까지 했다. 그는 놀라움을 만드는 이벤트 전문가였다. 프레젠테이션이 끝나면 을의 위치에 있는 사람들이 그들 회사에 도착하기 전에 팩스 편지 하나를 보냈다.

"오늘 고생 많았습니다. 덕분에 많이 배웠습니다."

그는 설득의 대가이기도 했다. 비록 임원은 아니었지만 그가 선택한 대안은 최고 경영자도 선택하는 확률이 높았다. 요즈음 말로 하면 그가 콜하면 최고 경영자도 콜을 한 것이다. 그 비결은 아직도 잘 모르겠다.

그는 또한 노력의 대가였다. 그 당시 매주 월요일 독서토론회를 주관했다. 매주 한 권씩 책을 정해서 독후감을 쓰고 이야기를 나누었다. 여간 힘들지 않은 일정이었다.

어느 을. Park

졸지에 대기업 고객을 떠나 보내야 했다. 이유도 독특하다. 광고주인 갑의 의견을 곧이 듣지 않았다는 것이다. 이른바 괘씸죄에 걸린 것이다. 을의 위치에 있는 광고회사에서는 대부분 어쩔 수 없이 울며 겨자 먹기로 갑의 의견을 수용하는 것이 현실인데도 말이다.

그렇지만 그는 그것에 의기소침하지 않았다. 자기 소신으로 한 것이기에 오히려 당당했다. 갑의 위치에 있는 사람들도 처음에는 "뭐 저런 인간이 다 있어?"라고 질책하지만 나중에는 실력이 없으면 그렇게 하지 못한다면서 그를 칭찬한다. 오히려 신뢰가 생겨나니 아이러니하다.

그 역시도 매사에 어마어마한 노력을 한다. 프로젝트가 발생하면 제일 먼저 현장으로 달려간다. 소비자의 니즈를 파악하기 위해서다. 타겟이 젊은이들이라면 홍대 앞이나 신촌거리를 뒤지고 다니는 그의 모습을 발견한다는 것은 어려운 일이 아니다.

멋진 갑과 멋진 을의 공통점은 그들 모두가 전문가라는 사실이다. 어느 한 쪽으로 치우치지 않고 아름다운 밸런스를 이룬다. 서로 의견을 수평적으로 나누게 되고 그렇기 때문에 더 좋은 관계로 이어진다. 단순히 지침을 주고 그것을 받아 수행하는 일방적인 관계가 아니라 쌍방으로 소통하는 진지한 동반자의 관계가 된다.

갑과 을의 관계는 어떻게 해야 수평관계라는 이상향에 가까이 갈 수 있을까? 누구나 갑돌이(갑)와 을순이(을)가 될 수 있다. 양지가 음지 되고 음지가 양지 된다. 공동의 목표는 시너지다. 서로 발전하는 관계를 목표로 삼자. 서로의 입장을 살펴서 그대가 있어야 내가 존재함을 이해하자. 갑 고객님, 을 고객님, 우리는 모두 하나라고 응원해주자.
"있을 때 잘해!"
결국, 인생의 결론은 이것이니까.

3장

경쟁

지혜롭게 '그'까지 품자

경쟁은 우리의 나태를 쫓아낸다.

경쟁자는 동반자의 다른 말이다.

01
하일성 없는 허구연의 해설

경쟁으로부터 자유롭기란 누구도 쉽지 않다. 혹자는 인간은 경쟁의 본능을 태초부터 지니고 있었다고 주장한다. 하나의 난자를 향하는 수억 개의 정자 레이스를 두고 하는 말이다.

더구나 이러 쿵 저러 쿵 하는 주변의 말에 주눅이 든다. "기는 놈 위에 나는 놈 있다." 외국이라고 예외가 아니다. 영국에서 이런 말이 들려온다. "아무리 수염을 잘 깎아도 다른 이발사가 흠을 못 잡을 리가 없다." 이 모두가 삶은 곧 경쟁이니 정신 똑바로 차리고 살라는 말에 다름 아니다.

브랜딩의 경쟁은 삼각관계라는 기묘한 모습을 띤다. 물론 독주하는 독과점 브랜드도 있을 수 있다. 또한 삼각관계 이상의 다자간 경쟁일 수도 있다. 그러나 결승전은 늘 삼각관계다. 고객을 가운데에 놓고 최종 두 개의 브랜드가 서로 치열하게 경쟁을 한다. LG에어컨이 있으면 삼성에어컨이 있다. 코카콜라가 있으면 펩시콜라가 있다. 고객의 마음은 얄궂게도 양자 사이에서 갈대처럼 흔들린다.

당신과 나 같은 우리의 퍼스널 브랜드도 에어컨이나 콜라의 입장과 다르지 않다. 피할 수 없는 운명 같은 경쟁. 어떻게 해야 하나? 어렵고 고통스럽지만 그래도 정면도전이 답이다. 경쟁의 가치를 중시하는 것이 경쟁에서 이기는 가장 확실한 방법이다. 극지 탐험가 로얄 아문센의 말에 귀를 기울여 보자.

"경쟁은 우리를 대담하게 만들고 사고와 장애물에도 아랑곳없이 우리를 전진하게 만드는 자극제이다."

'피할 수 없다면 즐겨라'라는 말은 구태의연하지만 여전히 설득력이 있다. 아직도 이 말보다 좋은 다른 대안을 찾지 못하고 있다. 그 말에 대한 실행 방안으로 다음과 같은 이른바 '찰 찰 찰'의 3원칙을 제안한다.

첫 번째 '찰'은 나에 대한 성찰(省察)이다.

나의 강점은 무엇이고 단점은 무엇인지를 분석한다. 나만의 승부수를 찾아낸다. 승부수가 나의 비전에 부합하는지 따져본다.

두 번째 '찰'은 관찰(觀察)이다.

성찰이 나를 대상으로 하는 분석. 즉 지기(知己)였다면 관찰은 라이벌을 대상으로 하는 분석이다. 즉 지피(知彼)다. 상대를 알아야 이길 수 있다.

세 번째는 '찰'은 통찰(洞察)이다.

통찰은 지피지기를 통하여 마지막 방점을 찍는 작업이다. 고객에게 던져줄 구체적이고 감동적인 선물을 만드는 것이다. 상대적인 우위요소, 차별점이 담겨야 함은 물론이다.

안타깝게도 하일성 없는 허구연의 해설은 허전하다. 반면 나훈아 컴백은 여전히 설렌다. 남진이라는 경쟁자가 존재하기 때문이다. '경쟁은 아름답다.'는 어느 종교인의 주장에 고개가 끄덕여진다. 우리 각자도 못할 것 없다. 경쟁이 과연 아름다운지 지금 당장 체험해 보자.

02
"나와 메시는 서로를 존중할 뿐이다."

라이벌.

우리는 이 단어를 접하게 되면 묘한 느낌을 갖게 된다. 누구나 살다 보면 라이벌 또는 그와 비슷한 대상을 갖게 된다. 과거에는 유독 스포츠 분야에서 많이 사용했는데 요즘은 특별한 구분 없이 일상적으로 사용한다. 라이벌은 그와 어떤 관계를 유지하느냐에 따라서 롤 모델이나 또는 스승처럼 개인 브랜딩에 큰 영향을 미친다.

초등학교 시절에 친한 친구가 있었는데 지금 생각해 보면 라이벌이었다. 성적도 비슷했고 체격도 비슷했다. 어찌 보면 생김새도 비슷했던

것 같다. 게다가 아버지 두 분도 우리가 다니던 초등학교 선생님이었다. 전교 학생회장 선거에서 경쟁하는 등 라이벌 구도는 치열했고 중학교까지 이어졌다. 어린 시절을 비교적 건강하게 지낸 것은 친구와의 이같은 라이벌 의식에서 비롯된 경쟁력이 큰 도움을 주었다고 생각한다.

필자는 군대 시절에도 라이벌이 있었다. 우여곡절 끝에 사단 본부대 행정병으로 전속을 갔는데 임무 중의 하나가 각종 차트를 쓰는 일이었다. 그런데 이 차트를 쓰는 일이 만만치가 않았다. 부서 간 심한 경쟁을 했다. 특히 정보처와 작전처가 맞붙었는데 장교, 하사관, 사병 등 층층이 라이벌 구도가 형성이 되었다. 잘 못할 경우에는 얼차려와 더불어 많은 꾸중을 듣고 외출 외박에도 제한을 받았다. 반면 차트 작성의 경쟁력은 세계적(?) 수준으로 높아졌다.

라이벌(Rival)이란 말의 어원은 Rivalis인데 이는 라틴어로 강을 의미하는 rivus의 파생어다. '같은 강을 둘러싸고 싸우는 사람들'에서 '하나밖에 없는 물건을 두고 싸우는 사람들'의 의미로 변모했다. 어린 시절, 정월대보름날에 뚝방 건너편의 이웃마을과 마치 전쟁을 치르듯 쥐불놀이 싸움을 한 것을 보면 라이벌의 의미가 쉽게 다가온다.

라이벌과는 정정당당하게 선의의 경쟁을 해야 한다. 라이벌이 있으면 더욱 분발하고 자기수련과 정진을 계속하게 된다. 라이벌은 자기향상을 위한 촉매제다. 경쟁이 없으면 활력이 없다. 위대한 발견과 전진은 호적수, 즉 라이벌 간의 경쟁으로 가속되고 성취되었다. 한국과 일본, 김영삼과 김대중, 고려대와 연세대, 핑클과 SES, 유재석과 강호동,

그리고 메시와 호날두에 이르기까지.

라이벌 의식이 과도하게 작동하면 안 된다. 장자에 '와우각상쟁(蝸牛角上爭)'이란 말이 있다. 직역하면 달팽이 뿔 위에서 싸움을 한다는 뜻이다. 즉 하찮은 일로 벌이는 의미 없는 싸움을 가리킨다. 달팽이의 두 촉수가 서로 잘났다고 싸우는 모습이 눈에 선하다. 지나친 라이벌 의식이 빚어낼 수 있는 어리석음을 개탄한 것이다.

라이벌의 최종 이미지는 승자와 패자가 나뉘는 것이 아닌 서로의 윈윈(Win-Win)이다. 이상적인 라이벌 관계는 있는 것인가? 라이벌 관계도 레벨이 있는데 아마도 가장 이상적인 라이벌 관계는 이 시대의 축구 지존인 메시와 호날두의 관계가 아닐까 싶다. 호날두가 메시와의 관계에 대해 언급한 것이 세계인의 이목을 집중시켰다. 호날두는 말했다.

"언론은 나와 메시를 항상 라이벌로 생각하는데 우리는 그렇게 생각하지 않는다. '서로 존중할 뿐'이다."

라이벌은 나의 브랜딩에 도움을 주는 좋은 디딤돌이자 거울이다. 라이벌은 나를 되돌아보게 하고 더 나은 미래의 모습을 발견할 수 있도록 도와준다. 라이벌은 SWOT 분석이다. 나의 전략을 선택하게 도와준다. 라이벌은 동기부여다. 결국 나를 자극하여 분발하게 한다. 라이벌은 은인이다. 나에게 땀의 의미를 알려주고 나를 거듭나게 한다.

지금, 우리 각자의 라이벌은 어디에 있는가?

03
'남달라'

여자 골프선수 박성현의 별명이다.

중학교 시절 '정상에 오르려면 남들과는 달라야 한다.'는 선생님 말씀에 감명을 받고 스스로 붙인 별명이다. 골프 가방에도 '남달라'라고 써놓고 인터넷 아이디와 팬클럽 이름도 '남달라'라고 지을 정도로 애착을 보이고 있다. 그가 남다른 성적을 올리며 남다른 선수로 거듭나는 힘도 역시 남다른 승부욕 때문이었다. '남달라'는 박성현의 컨셉이자 차별화 전략인 셈이다.

〈워렌 버핏 성공 법칙 10계명〉 중 하나가 차별화다.

"같은 물건을 똑같이 만들어낸다면, 같은 서비스를 똑같이 한다면 현재로는 그것이 통할지 모르지만 결국은 차별화된 제품과 서비스, 그리고 다른 이력을 가진 사람이나 상품이나 서비스에 밀려나게 된다. 다른 사람과는 다른 차별화, 다른 기업의 제품과 서비스와는 다른 차별화된 경쟁력이 필요하다는 말이다."

차별화란 단순히 남들이 이미 진입한 시장을 '피한다.'는 수동적인 의미가 아닌 반드시 필요하지만 남들이 하지 않는 시장을 '개척한다.'는 적극적인 의미다. 차별화 요소를 가장 먼저 연구해야 한다. '더 좋아지려 하는 것도 좋지만 달라지려고 노력하는 것이 더욱 요긴하다. 차별화의 본질을 생각해 본다. Best, Only, First의 키워드로 요약할 수 있다. 셋 중에 하나만 쥐어도 경쟁에서 이긴다.

Best

'B'는 균형(Balance)이다. 균형 잡힌 성공을 거두지 못하면 베스트가 아니다. 명문대 출신의 천재 사기꾼이 되어서는 안 된다.

'E'는 열정(Enthusiasm)이다. 현재 하고 있는 일에 열정을 쏟아 붇지 못하면 베스트라 할 수 없다.

'S'는 집중력(Single-mind)이다. 어떤 일을 하건 간에 그 순간만큼은 자신이 선택한 그 일 하나에만 관심과 애정을 집중시켜야 한다.

마지막 'T'는 끈기(Tenacity)이다. 성공에 이르기 위한 첫 번째 요건은 '끈기'다. 윈스턴 처칠도 '끈기'의 중요성을 강조했다.

"포기하지 마라, 절대로 포기하지 마라, 절대로."

Only

베네통 광고의 독특함은 메시지와 표현의 이질감에 있다. 메시지의 경우 "인종과 문화를 넘어선 인류의 화합!"이라는 반듯함을 가지고 있으나 표현은 금기의 영역을 깨트리는 것에 있다. 신부와 수녀의 키스, 탯줄을 자르지 않은 갓 태어난 아기, 지면 가득히 정렬된 콘돔 등 수많은 논쟁을 불러일으키며 관심의 중심에 섰다. '오직 하나만'이라는 차별화 전략의 결과다.

First

'마케팅 불변의 법칙' 중에서 첫 번째는 '선도자의 법칙(The Law of Leadership)'이다. 사람들은 최초의 것들을 먼저 기억한다. 달 착륙의 암스트롱, 떡볶이의 신당동, 순대복음의 신림동. 우리 주변에서 흔히 볼 수 있는 '원조'의 싸움도 최초를 통한 차별화 전략의 일환이다.

차별화는 어떤 생각을 갖느냐다. 생각은 멀리 있지 않다. 다름 아닌 우리의 머리나 마음속에 있다. 남다름의 지혜를 얻을 수 있는 방법, 알고 보면 가까이에 있다. '등잔 밑이 어둡다.'는 옛말을 '머릿속이 어둡다.'고 고쳐야 할 판이다. 지금, 다시 보자, 우리 자신의 등잔 밑을.

04
"원효 앞에 원효 없고, 원효 뒤에 원효 없다"

이런 사람들이 있다. 반세기 가까이 대중의 사랑을 받았다. '국민 가수' '국민 아버지' '국민 어머니'로 불린다. 노래는 숙명이었고 연기는 운명이었다. 천직으로 알고 묵묵히 걸어오다 보니 어언 50년이 되었다고한다. 이들이 연기의 길, 노래의 길 같은 운명의 길, 숙명의 길을 걸어온 힘은 무엇일까? 바로 '전문성의 힘'이다.

전문성이란 무엇인가? '대체 불가함'이라는 말이 전문성을 설명하기에 적합할 듯싶다. '약은 약사에게 진료는 의사에게'는 전문성이 잘 드러나는 슬로건이다. 개인으로 바꿔보자. '기획은 김 과장에게, 영업은이 부장에게'라는 등식이 성립되었다면 그 사람은 전문성을 가진 사람이다. 회사의 전설이 되고 나중에 기획은, 또는 영업은 그 사람의 운명이라고 말할 수 있다.

전문성은 어떻게 확보할 수 있는가?
다음의 세 개 키워드에 그 비밀이 있다.

1. 시간
하루에 3시간씩 연습하면 10년이, 하루에 10시간씩 연습하면 3년이 걸린다. 한 분야의 전문가가 되는 데 걸리는 이른바 '일만 시간의 법칙'이다. 맬컴 그래드웰이 『아웃 라이어』에서 이름 붙인 것이다.

꾸준함도 중요하지만 집중력이 겸비되어야 한다. 집중력은 성적과 특히 관련이 있다. 좋은 성적을 올리는 사람들의 특징은 '집중력'이다. 공부할 때는 공부만, 놀 때는 노는 것에만 신경을 써야 한다.

직장에서의 일도 마찬가지다. 일의 능률은 집중력에서 나온다. 어느 회사에서는 아예 집중 근무 시간이라 하여 집중력을 전략적으로 관리하기도 한다.

2. 마음

원효의 '일체유심조(一切唯心造)' 사상을 이야기하지 않을 수 없다. "결국 모든 것은 마음에 달렸다."는 그 의미심장한 의미. 이 사상의 시작은 유명한 '해골 물 사건'이다.

"삼계(三界)가 오직 마음이요, 모든 현상은 오직 인식일 뿐이다. 이미 마음에 다 있는데 어디서 무엇을 따로 구하랴. 나는 당나라에 가지 않겠다."

물은 같은 물인데 어제는 달디 달았는데, 오늘은 구역질이 난다. 섬광처럼 스쳐가는 그 무엇이 있었다. 깨달음이다. 바로 일체유심조의 깨달음.

'원효 앞에 원효 없고 원효 뒤에 원효 없다.'는 말이 있다. 담대함, 혜안, 실천 등 모든 면에서 그를 뛰어넘는 지식인이 없다는 말이다. 확고한 전문성의 아우라다. 그 힘은 마음먹기에서 비롯되었다.

3. 창의

『오리지낼리티』의 저자이며 와튼 스쿨에서 조직 심리학을 가르치는 애덤 그랜트 교수는 독창성을 발휘하는 삶은 행복을 추구하는 가장 쉬운 길은 아니지만 행복을 느끼기 위한 최적의 길이라고 말하고 있다. 전문성이라는 경쟁력을 얻을 수 있기 때문이다. 스티브 잡스의 말이 이를 더욱 강력하게 뒷받침한다.

"창의적인 혁신은 사람들을 지도자와 그를 따르는 자로 이분하여 구분 짓습니다."

외길 인생을 가는 힘은 무엇인가? 메마른 사막에서도 꽃은 피는 법이다. 이 일을 하지 않고서는 못 버티겠다며 스스로 선택한 길이다. 사회적으로 어떤 평가나 시선을 받더라도 자신이 추구하는 길로 나아가는 신념이 중요한데 그 신념의 근간은 이거다 하는 '운명'같은 그것이다. 우리는 지금 그 길을 가고 있는지 정기적으로 점검해볼 일이다.

05
"켈리 백의 아우라가 더 멋져요"

유럽 여행 때 모나코 황실을 찾았다. 그레이스 켈리의 흔적에 만감이 교차했다. 흠모했던 몇 안 되는 외국 여배우 중의 한 사람이었기 때문이다. 어느 모임에서 모나코에서의 그레이스 켈리에 대한 추억을 이야기한 적이 있다. 이야기를 듣고 있던 한 사람이 이런 말을 했다.

"그레이스 켈리의 아우라도 아름답지만 켈리 백의 아우라가 더 멋져요."

아우라는 원래 독일 말인데 인체로부터 발산되는 영혼적인 에너지 또는 어느 인물이나 물체가 발하는 영적인 분위기라는 의미다. 그러다가 독일의 철학자 발터 벤야민이 '흉내 낼 수 없는 예술작품의 고고한

에르메스 = 아우라 = 럭셔리?

분위기'라는 뜻으로 쓰기 시작했고, 그는 또한 아우라를 다음과 같이 매우 낭만적인 어법으로 설명했다.

"여름날 햇볕이 빛날 때 먼 등성이에 있는 나뭇가지에 햇볕이 반짝이고, 이것을 보면서 자신이 무언가를 느낄 때, 이것이 바로 아우라다."

좋은 브랜드 구축의 최종 단계는 아우라 브랜드가 되는 것이다. 내가 담당하는 브랜드가 아우라 브랜드가 되도록 만드는 것은 브랜드를 담당하는 사람들의 영원한 소망이자 꿈이다. 아우라 브랜드가 되려면 특정 브랜드에서만 느껴지는 독특한 기운 또는 카리스마, 후광 같은 것을 가져야 한다.

사람도 아우라가 있다. 아니 오히려 상품보다도 더 일찍 사용되었을 것이다. 아우라 개인 브랜드 또는 아우라 퍼스널 브랜드다. 아우라는 카리스마와 일맥상통한다. 카리스마는 대중을 따르게 하는 능력이나 자질, 권위라는 의미로 통한다. 카리스마가 권위적이고 복종적인 양상으로 상대를 장악한다면 아우라는 부드럽게 상대에게 스며드는 꽃향기의 힘을 갖는다.

나의 아우라는 있는가? 없다면 나의 아우라는 어떻게 만드나? 방법이야 천 가지, 만 가지가 있을 것이다. 그러나 그 시작은 바로 '나'다. 철저하게 자신의 오리지낼리티를 가져야 한다. 세상에서 가장 힘든 일은 나답게 사는 것인데, 그럴수록 내 안에 있는 존재의 이유와 남다름을 믿고 노력하는 것이다.

아우라는 하루아침에 생겨나지 않는다. 관찰, 성찰, 통찰 등을 통하여 끊임없이 자신을 발전시키는 사람들에게만 주어지는 선물이다. 옛날 국민교육헌장에서 아우라의 의미를 발견한다. 다시 말해 아우라는 '타고난 저마다의 소질을 약진의 발판으로 삼아 창조의 힘과 개척의 정신을 기르는' 것이다.

자기만의 세계를 가진 사람은 고유의 아우라가 존재한다. 우리 모두 '자신만의 아우라'가 있는 사람이 되었으면 좋겠다. 다른 사람이 쉽게 베낄 수도 없고 빼앗을 수도 없는, 자기만의 세계가 있는 사람 말이다. 누구나 할 수 있다. 우리들 각자는 이 세상에서 유일한 진품이자 명품이기 때문이다.

06
"코끝이 찡하다"

LG그룹은 2008 프로야구에서 꼴찌를 했음에도 전면광고를 내보냈다.

"부진한 성적보다 더 가슴이 아팠던 것은 뒤돌아서 가는 팬 여러분의 모습을 보는 것이었습니다. 패배의 순간에도 떠나지 않고 함께 해주신 팬 여러분 덕택에 다시 뛸 수 있는 용기를 얻었습니다."

좋은 반응이 이어졌다. 우선 팬들은 우승 구단이 아닌 최하위 구단이 전면광고를 내는 것을 이례적으로 받아들였고, "코끝이 찡하다." 등의 반응으로 화답했다.

브랜딩은 메시지를 중심으로 하는 화법(話法) 경쟁이다. 이기는 화법은 어떻게 의미를 창출하느냐에 달려 있다. 가치의 크기, 생각의 크기, 생각의 깊이, 해석의 각도에 따라서 의미는 달라진다. 말 한 마디로 천 냥 빚을 갚는다. 되로 주고 말로 받기도 한다.

"나는 프로다. 바둑으로 밥 벌어먹고 사는, 바둑이 업인 사람이다. 냉정한 승부의 세계에서 인간적이라는 건 약점이다. 인간적인 감정을 철저히 배제하고 바둑을 뒀어야 하는데 그러지 못했다." 또 "내가 나를 넘어서야 하는데 그러지 못했다. 하지만 그건 나의 한계이지 인간의 한계라고 생각하지 않는다. 거듭 말하지만 이번 패배는 개인 이세돌의 패배지 인간의 패배는 아니다."

'세기의 대국'으로 불리며 세계적 관심을 끌었던 이세돌 9단과 구글 인공지능 '알파고'의 대결은 알파고의 4승1패로 끝났다. 그때 이세돌이 한 말이다. 이세돌은 지고도 이긴 격이라는 평을 받았다.

"이세돌은 바둑에서는 졌지만 '아름다운 패자'다."

이세돌의 패배에 대한 해석, 의미를 부여하는 능력 때문이 아닌가 한다.

광고는 일반적으로 자신이 가지고 있는 특징이나 장점을 내세우는 것이 효율적이라고 생각한다. 물론 틀린 말은 아니다. 그러나 세상은 1등보다는 1등 아닌 위치의 브랜드가 훨씬 더 많다. 그런 위치에 있는 상품 브랜드나 개인 브랜드는 어떻게 자신을 어필해야 하는가?

역(逆) 발상(發想)이 그만큼 필요한 이유다. '바쁠수록 돌아가라.'는 속담이 있다. '급히 먹은 음식이 체한다.'는 말도 있다. 때로는 1등보다 아름답고 고귀한 2등도 있다. 느림의 미학이 빠른 변화를 리드하는 경우도 있다. 울퉁불퉁하고 제멋대로 생긴 나무가 오랜 세월 오히려 잘 버틴다는 얘기도 있지 않은가?

우리나라의 대표적인 식품가공개발기업인 D그룹 광고를 담당하던 시절이었다. 회사를 방문하여 받은 첫 인상이 강렬했다. 거꾸로 그린 세계지도가 걸려 있었기 때문이다. 이른바 '거꾸로 세계지도'는 '바다에서 육지를 바라보아야 위대해진다.'는 그룹 회장의 역(逆)발상 철학이 오롯이 담긴 명품지도(名品地圖)였다.

"지도를 거꾸로 보면 달라집니다. 한반도는 더 이상 유라시아 대륙의 동쪽 끄트머리에 매달린 반도가 아니라 유라시아 대륙을 발판으로 삼고 드넓은 태평양의 해원을 향해 힘차게 솟구치는 모습입니다."

발상의 전환은 아이디어를 발굴하고 혁신을 이끄는 원동력으로 작용한다. 명장이었으나 작은 키가 단점이었던 나폴레옹. 하지만 그는 "내 키를 땅에서부터 재면 작지만, 하늘에서부터 재면 가장 크다."라는 명언을 남기며 그의 위대함을 보여주었다. 발상을 전환해서 차별화하는 전략은 경쟁을 뛰어넘어 성공으로 가는 필수조건이다.

∩7
"나는 아무 것도 두려워하지 않는다!"

지인 중의 한 사람은 자서전에 대하여 매우 비판적인 평가를 한다. 이른바 자서전 반대론자다. 자기 자신을 객관적으로 평가하기란 불가능하다는 것이 주된 이유다. 그렇지만 나는 그에게 극단의 관점이라고 반박하며 자서전의 긍정적인 측면에 편을 들고 있다.

개인 브랜딩 관점으로 보면 어느 인물의 자서전이야말로 일종의 보물섬이다. 한 사람의 Total 브랜드 캠페인을 손에 쥐는 격이다. 그 사람의 인생 갈증이 어떤 것이었으며 그것을 해결하기 위하여 어떠한 방법을 사용했는지 알 수 있다. 그 사람의 생애를 오롯이 알 수 있다.

영향을 받은 것은 무엇인가? 깨달음의 계기는 무엇이었는가? 가장

중요시하는 가치관은 무엇인가? 열정은 무엇이었는가?

그러한 면에서 니코스 카잔차키스의 『영혼의 자서전』은 독특하다. 그 어느 자서전보다 깨달음이나 시사하는 바가 강력하다. 개인 브랜딩에 피가 되고 살이 되는 영양소들이 많다. 그 중에서 느낌이 있는 몇 가지를 소개한다.

니코스 카잔차키스는 호메로스와 베르그송, 니체를 거쳐 부처, 조르바에 이르기까지 그들의 사상적 영향을 고루 받았다. 그리스 민족시인 호메로스에 뿌리를 둔 그는 그리스 본토 순례를 떠난다. 이를 통해 그는 동서양 사이에 위치한 그리스의 역사적 업적은 자유를 찾으려는 투쟁임을 깨닫는다. 그리고 실존인물이자 소설 『그리스인 조르바』의 주인공이기도 한 조르바를 만난다. 자유인을 상징하는 그를 통해서 진정한 자유의 의미를 찾게 된다.

그는 인생을 수시로 정의한다. 그에게는 자유와 해방을 얻기 위한 3단계 투쟁이 있었다. 첫 단계 투쟁은 터키로부터의 해방이고, 둘째 단계 투쟁은 인간 내부의 무지, 악, 공포 같은 것에서의 해방이었다. 나아가 셋째 단계에서는 자유를 만끽하는 것이었다.

그는 생전에 묘비명을 써놓기도 했다.

"나는 아무 것도 바라지 않는다. 나는 아무 것도 두려워하지 않는다. 나는 자유다."

개인적으로 '나는 누구인가?'를 가장 멋지게 정의한 말이라고 생각한다. 이런 묘비명과 자서전을 쓰는 도전은 자신의 경쟁력으로 이어진다. 우리도 나의 묘비명 만들기와 자서전 쓰기에 도전해 보자.

08
'일곱 빛깔 무지개'

매년 11월11일은 잊어버리기 어려운 날이다. 광고의 날이고, 농업인의 날이며 좋아하는 후배의 생일이기도 하다. 게다가 널리 알려진 대로 '11같은 초콜릿 데이'이기도 하다. 잊어버릴 수 없음은 바꿔 말할 때 잘 기억할 수 있다는 것이다. 이는 숫자가 브랜딩에 매우 큰 효과가 있음을 암시한다. 1111 이라는 숫자에 관련된 인연들이 늘 나와 함께 하는 것처럼.

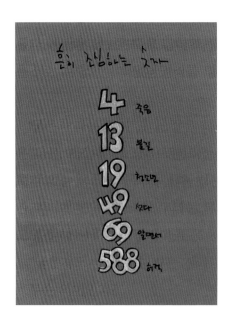

개인의 브랜딩에 숫자 마케팅, 또는 뉴메릭 마케팅(Numeric marketing)을 활용해 보자. 효과적인 개인 브랜딩을 위해서는 개인을 잘 알려야 한다. 여기서도 홍보, 광고가 절대로 필요하다. 이는 다른 사람들이 당신의 가치를 이해할 수 있도록 돕는 것이다.

숫자 마케팅은 말 그대로 '숫

자'를 마케팅 도구로 사용하는 전략을 말한다. 브랜드나 상품의 특성을 잘 드러내는 숫자를 앞세워서 소비자들에게 좋은 이미지를 만들고 인지도를 높여서 인식 상으로 경쟁사보다 우호적인 포지셔닝을 구축하는 것이다.

왜 숫자 마케팅인가?

숫자는 세계가 공통으로 사용하는 대표적인 상징기호다. 따라서 의미 파악이 쉽다. 기억하기도 용이하다. 숫자는 과학적 신뢰도를 높여주기 때문에 숫자 정보를 제시하면 소비자들이 신빙성 있게 받아들이는 효과가 있다. 또한 숫자는 명확하고 함축적인 의미를 담을 수 있어서 전달력도 빠르다. 이처럼 숫자가 지니는 많은 강점은 마케팅에서도 유효하게 작용한다.

성공사례도 많다. 제품이나 브랜드를 하나하나 꼽아 보면 귀에 익숙할 것이다. 앞에서 언급한 1111의 초콜릿, 2080 치약, 31가지 맛의 아이스크림, 808회의 실험을 했다는 숙취해소 음료 등등.

스포츠 뉴스에서는 '영구결번'이라는 말을 듣게 된다. 영구결번은 특정번호를 다시 사용하지 않도록 하는 것을 의미한다. 영구결번은 프로 스포츠 선수에게는 최고의 영예에 해당한다. 최고의 성적으로 팬들의 사랑을 받는 선수만이 영구결번의 주인공이 될 수 있다. 영구결번은 숫자를 통한 개인 브랜딩에 있어서 정점의 사례에 해당한다.

숫자 7은 행운을 가져다주는 숫자로 잘 알려져 있다. 대부분의 사람들은 짝수보다는 홀수를 선호한다는 조사도 흥미롭다. 홀수가 사랑받는 이유에도 근거가 있는데 음양오행에서는 짝수는 음을 뜻하고 홀수는 양을 뜻한다는 것이 그 중의 하나다. 숫자 8은 특히 중국인들이 좋아하는 숫자다. 중국에서는 8을 보면 "복 받는다."는 의미로 통한다. 베이징올림픽 개막식이 2008년 8월 8일 저녁 8시에 열렸다. 중국인들의 8에 대한 집착이 어떠한지를 알 수 있다.

나는 숫자 7을 나의 개인 브랜딩에 활용하고 있다.

7은 행운의 숫자라는 일반적인 의미를 가지고 있다. 필자에게 7은 고향의 언어다. 비온 뒤의 일곱 빛깔 무지개를 본 적이 있는가? 별이 빛나는 한여름 밤에 북두칠성을 바라보며 상상의 나래를 펼쳐본 적이 있는가? 필자에게 7은 안중근 의사다. 안중근은 필자가 개인적으로 가장 존경하는 인물이다. 안 의사의 아호가 응칠(應七)이다. 7개의 점이 있어서 북두칠성 같은 인물이 되기를 기원했다고 한다. 필자와는 흔하지 않는 글자인 '응(應)'자를 공유한다.

숫자는 휴대전화 번호, 주민등록번호, 지하철이나 버스노선 등 우리의 삶의 구석구석에 밀접하게 닿아 있다. 기원전 5세기에 유명한 피타고라스학파 사람인 필로라오스(Philolaos)는 "인식할 수 있는 모든 것은 숫자와 관련되어 있다."고 말했다.

이것을 보면 숫자는 단순히 수를 표현하는 하나의 기호를 넘어 우리 삶에서 떼고 싶어도 뗄 수 없는 운명과 같은 것이라는 생각이 든다. 나와 동행할 운명의 숫자를 만들고 그 의미를 실천해 보자. 나의 단점은 빼주고 장점은 높여주는 재미있는 숫자놀이가 될 수 있다.

09
'된 기업, 된 브랜드, 된 사람'

언론에서 소개하는 'LG 의인상'을 접할 때마다 요즘 말로 '심쿵'한다. LG 의인상은 LG가 '국가와 사회정의를 위해 희생한 의인(義人)에게 기업이 사회적 책임으로 보답한다는 취지'로 만든 상이다.

호수에 빠진 시민을 구해낸 고교생, 화재 진압 중 순직한 소방수, 장애 청소년을 구하다 순직한 경관, 지하철 선로에 추락한 시각장애인을 구한 해병대 병장 등 모두가 의롭고 아름다운 사회를 만드는 사람들이다. 상을 받는 의인도 고맙고, 상을 주는 LG도 고맙다. LG라는 브랜드에 의인의 이미지가 투영되어 의로운 브랜드로 환하게 반짝인다.

기업이 의인이라는 최선의 가치를 선택하는 데는 용기가 필요하다. 장점도 있지만 역풍도 그만큼 클 수 있기 때문이다. 좋은 점은 의인의 이미지를 고스란히 가지고 올 수 있다는 것이다. 이는 다른 브랜드와 강력한 차별화를 가능하게 한다.

좋은 만큼 부담도 따른다. 의인의 이미지와 배치되는 일이 발생할 수 있기 때문이다. 이러한 경우 받는 타격은 오히려 더 아프다. 그렇기 때문에 엄격한 자기관리가 필요하다. LG 브랜드를 응원하고 이러한 시상이 계속되기를 기대한다. 물론 가장 이상적인 상황은 이러한 상을 줄 필요가 생기지 않는 경우일 것이다.

CSR(Corporate Social Responsibility. 기업의 사회적 책임)은 기업이 기업의 경제적 역할을 넘어선, 보다 폭넓은 일련의 기업 활동을 의미한다. '오른손이 하는 일을 왼손이 모르게 하라.'고 했다.

누구에게 잘 보이려고 하는 일이 아니라, 말 그대로 마음에서 우러나서 하는 일이어야 한다. 그 정도의 경지에 오르기는 쉽지 않다. 하지만 사랑받는 브랜드, 영원히 함께 하는 브랜드를 지향한다면 우리 브랜드도 아낌없이 주는 브랜드 전략을 선택해야 한다. 그래야만 고객들에게 아낌없는 사랑을 받을 수 있다.

개인 브랜드의 경우는 더 말할 필요가 없다. 착한 일을 하면 결국은 나 자신을 빛나게 하는 하이라이트로 되돌아온다. 재능 기부가 한창이다. 우선 내가 가지고 있는 재능부터 살펴보자. 재주가 없더라도 줄 것은 많다. '무재칠시(無財七施)'라 했다. 재물 없이도 베풀 수 있는 7가지의 지혜로운 보시를 상기해 보자. 실천의지를 다지는 차원에서 구체적으로 언급해 본다.

첫째, 부드럽고 온화한 얼굴로 상대방을 대하는 화안시(和顔施)
둘째, 사랑, 칭찬, 격려 등 공손한 말로 이야기하는 언사시(言辭施)
셋째, 다른 존재에 자비심을 갖는 심시(心施)
넷째, 편안하고 온화한 눈길로 보는 안시(眼施)
다섯째, 몸가짐을 바르게 하여 남을 돕는 신시(身施)
여섯째, 다른 이에게 자기 자리를 양보하는 상좌시(上座施)
일곱째, 잠자리가 없는 사람을 재워 주는 방사시(房舍施)

일언이폐지(一言以蔽之). 한 마디 말로 그 전체의 뜻을 다 말함을 일컫는다. 브랜딩이 그런 작업을 하는 것이다. 그 브랜드를, 또는 그 사람을 한 마디로 하면 뭐야? 이런 질문에 선뜻 답을 할 수 있는 사람이 경쟁력이 있고 브랜딩이 잘 된 사람이다. 선행, 즉 Good Will을 실천하는 것이 좋은 방법 가운데 하나다.

된 사람이 최고의 개인 브랜드고, 된 기업이 최고의 회사 브랜드다.

10
"내 속엔 내가 너무도 많아"

"하정우와 하정우가 맞붙는다."

흥행이 기대되는 두 편의 영화에 배우 하정우가 모두 주연을 맡았다. 얄궂게도 상영 기간까지 같아서 두 영화의 포스터가 나란히 걸리게 된 것이다. 하정우는 하정우 자신과 경쟁했다.

<레 미제라블>의 빅토르 위고는 세상사에 대하여 언급했는데 그 중에는 싸움에 대해서도 한마디 했다. 세상에는 세 가지의 싸움이 있다는 것이다. 사람과 자연의 싸움, 사람과 사람의 싸움, 그리고 자기 자신과의 싸움이다. 이 중에서 제일 힘든 것은 자기 자신과의 싸움이다.

왜 그런가? 자기 자신을 이기지 못하기 때문이다. 어쩌면 가장 쉬울 것 같은 자기와의 싸움이 왜 이리도 힘든 것인가? 바로 자기 안에는 무수히 많은 또 다른 내가 존재하기 때문이다.

자신과의 경쟁은 틀린 그림 찾기와 같다. 같은 듯 다른 나를 발견하는 게임이기 때문이다. 틀린 부분과 숨바꼭질하듯이 숨고 찾고 하기 때문이다. 더 많은 집중력, 관찰력, 창의력이 요구된다. 틀린 그림을 찾고 나면 뿌듯한 성취감을 얻을 수 있다. 문제는 잘 찾아지지 않는다는 데에 있다. 내 속에는 내가 모르는 내가 너무 많다고 가슴 아파한 <가시

나무새> 노래 가사가 가슴에 탁 꽂히는 이유다.

자신과의 경쟁은 외적(外的) 자아와 내적(內的) 자아의 대결이다. 외적 자아는 말 그대로 겉으로 드러나는 나의 모습이다. 내적 자아는 그 반대편에 서 있는 나의 모습이다. 내적 자아는 사사건건 외적 자아에 반대한다. 외적 자아는 매년 금연을 결심한다. 결과는 늘 작심삼일로 끝난다. 내적 자아에게 패배한 것이다. 공부도 마찬가지다. 밤새워 열심히 끝장을 보고자 결심한다. 졸음이 엄습한다. 술 한 잔 하자는 유혹의 손이 뻗쳐 온다. 내적 자아의 특공대들이다.

우리 생활 전 영역에서 이와 같은 나와 또 하나의 나는 끊임없는 대결을 벌인다. 내적 자아를 물리치고 외적 자아가 승리할 수 있도록 해야 한다. 이것이 곧 자기 극복이다. 나와의 경쟁에서 이기고 강력한 내가 존재할 때 타인과의 진정한 경쟁도 승리로 이끌 수 있다. 내적 자아를 물리치고 외적 자아가 승리할 전략을 모색해 본다.

첫째, 질문하자.

승부의 세계에서는 공격이 최선의 전략이라는 주장이 우세하다. 수비형보다는 공격형의 승률이 더 높다. 팀 칼라가 '닥공'인 프로 축구팀이 있다. 우승을 가장 많이 하는 명문 구단이다. 국제 탁구 경기를 보아도 결국에는 공격형 선수가 수비 형 선수보다 좋은 성적을 올리는 경우가 많다. 자신과의 싸움에서 최고의 공격 무기는 질문이다. 또 다른 나에게 끊임없는 질문을 던지자. 질문은 내적 자아에게 핵무기 같은 위협감을 준다. 질문 공격에 대한 답변을 준비하느라 온 신경을 써야 하기 때문이다. 이러한 질문과 대답의 전투를 우리는 자문자답(自問自答)이라고 한다.

둘째, 조언을 구하자.

일대일 양자 대결은 언제나 힘겹다. 연합군을 결성하는 것이다. 적극적으로 외부의 조언을 구하자. 내적 자아의 강력함을 널리 알려서 도움의 필요성이 극대화되도록 하자. 친구, 롤 모델, 스승, 부모 등 연합군은 도처에 있다. 시쳇말로 '쪽 팔린다.'고 생각하지 말자. 얼굴 두께를 철판 두께로 도배하자. 연합군을 형성하면 부수적인 효과가 있다. 공개 전투가 되기 때문에 의무감이 가중된다. 공개수사와 같은 경우다. 공개수사로 전환하면 언론 등 훈수와 감독을 하는 역할이 강화된다. 추진력도 생기고 진척도도 체크할 수 있다.

셋째, 공부하자.

스스로 역량을 강화시키는 것이다. 두 자아의 갈등 자체를 없애버리는 것이다. 수준을 급격히 향상시키는 것이 유일한 방법이다. 정신적으로 신체적으로 모두 다 같이 말이다. 득도의 경지에 이르는 것이다. 언행일치, 지행합일의 수준이다. 진정한 자기극복의 단계다. 자신을 이기는 사람이야말로 진정 강한 사람이라는 칭찬을 받는 주인공이 되는 단계다. 동서고금의 귀감이 되고 성공한 사람들이 이 단계에 해당한다.

4장

자존

늘 싱싱한 '자존감'을 갖자

자존은 자기다움의 실력을 만드는 일이다.

영원히 참되고, 영원히 아름답고, 영원히 선한 것은 자기다움에 있다.

01
You are more beautiful than you think

자신이 생각하는 것보다 남들은 당신을 더 아름답게 보고 있다. 아니면 반대로 자신은 스스로를 덜 아름답다고 생각한다. 왜 자신은 스스로를 아름답지 못하다고 보는 것일까?

"자존(自尊)이야 말로 모든 미덕의 초석이다."

영국의 천문학자 존 허셜의 말이다. 자존감(self-esteem)은 말 그대로 자신을 존중하고 사랑하는 마음이다. 자존감은 내가 나를 존중하는 믿음이나 확신이다. 자신의 능력을 믿는다, 자신의 노력에 따라 삶에서 성취를 이뤄낼 수 있다는 자기 확신이다.

나에게는 잊히지 않는 노래 중의 하나가 대학교 응원가였던 '지야의 함성'이다. 예전 대학교 신입생 시절에도 그랬고 세월이 많이 지난 지금도 이 응원가 가사를 읊조리면 가슴이 먹먹해진다. 자존심이라는 단어 때문이다. 지금 생각해 보면 자존감이 별로 없었던 나 자신에 대한 원망이 아니었나 싶다. 물론 이 응원가는 또한 나의 자존감 세우기의 시발점이 되기도 했다.

크림슨의 붉은 정열과 철쭉꽃의 곧은 함성은
우리 모두의 자존심으로 영원토록 간직하여라

우리 모두의 자존심으로 영원토록 간직하여라

자존은 할 말은 하는 것이다.

아주 오래 전 이야기다. 친구가 급히 만나자는 연락을 해왔다. 그날은 친구가 입사 면접시험을 보는 날이었다. 좋은 일이 생겼나 싶어 약속 장소로 달려갔다. 사실은 기대와 정반대였다. 면접관하고 한 바탕 붙었다는 것이다.

"홀어머니 밑에서 자랐네요?"

이 질문 때문이다. 친구의 아버지께서는 친구가 초등학교 시절에 돌아가셨다.

"누구나 홀어머니 홀아버지의 상황을 겪는 것 아니냐? 두 분이 동시에 돌아가시는 경우가 얼마나 되겠느냐?"

친구가 따져 물었다. 면접 분위기는 살벌했고 당연히 탈락이라며 소주를 들이켰다. 그러나 친구는 당당히 합격했다. 자존을 잃지 않은 덕분이 아닌가 한다.

자존은 후광효과를 거부하고 스스로 빛을 내는 것이다.

일본과 야구 국가 대항전에서 중계 카메라에 흥미로운 장면이 자주 잡혔다. 1루 주루 코치 이종범과 안타를 치고 1루에 진루한 이정후 선수. 주지하는 바와 같이 이들은 부자지간이다. 유명한 아버지 때문에 이정후의 인터뷰는 곤혹스럽기도 하지만 늘 당당히 말했다.

"이종범의 아들이지만 야구 선수 이정후로 알려지고 싶습니다."

자존은 정도의 길을 가는 것이다.

자존은 우리를 오만과 편견에서 벗어날 수 있게 한다. 당연히 제인 오스틴의 소설 <오만과 편견>에 나오는 그 유명한 말에서도 비켜갈 수 있다.

"편견은 내가 다른 사람을 사랑하지 못하게 하고, 오만은 다른 사람이 나를 사랑할 수 없게 만든다."

자존은 앞서거니 뒤서거니 하는 인생길에서 포기하지 않고 자신의 길을 가는 것이다. 반칙과 편법을 하지 않는 게임을 하는 것이다. 그런 면에서 자존은 저 멀리에 있는 것이 아니다. 법 없이도 사는 대부분의 보통 사람들의 인생길에 녹아 있다.

우리는 우주에서 유일한 존재다.

예전에 러시아 종합격투기 선수 효도르를 '60억분의 1의 사나이'라고 했다. 효도르만 그런 것이 아니다. 우리 각자도 그렇다. 자기 자신을 믿고 존중하는 것이 그 무엇보다도 우선시돼야 한다. 나를 제대로 알고 나의 가치로 사는 것 그것이 자존이다.

Be myself, be yourself!

02
나를 표현하는 단 하나의 단어

'앙꼬(팥소) 없는 찐빵'이라는 말이 있다. 무언가 중요한 알짜배기가 빠진 상태를 나타내는 시중의 관용구다. 브랜딩에 있어서 '컨셉'은 찐빵에서의 앙꼬와 같다. 컨셉 없는 브랜딩은 무미건조의 맛이다. 브랜드 컨셉은 브랜드의 중심개념이다.

컨셉은 브랜드가 지니는 가장 정확한 정체성을 나타낸다.

브랜드의 장점, 특징, 경쟁자와의 차별점 등이 응축된 개념이다. 상대방, 즉 고객의 입장에서 보면 컨셉은 브랜드에 대한 첫 인상이다. 브랜드 컨셉의 강약에 따라 고객의 반응은 하늘과 땅의 차이로 반응한다. 구매로 연결되는 첫 관문이다.

노브랜드는 브랜드다? 아니다?

브랜딩은 곧 인식의 싸움이다.

제품이 좋아야 함은 기본이다. 제품이 좋다고 덩달아 인식도 좋은 것은 아니다. 좋은 인상이 고객의 머릿속에 자리 잡아야 하는데 그 역할은 컨셉의 몫이다. 좋은 컨셉은 고객의 인식 속으로 파고들기가 유리하다. 컨셉의 의미는 다음의 3가지로 요약된다.

컨셉은 중심잡기다.

컨셉은 우왕좌왕하는 것을 막아준다. 컨셉이 없는 여행은 갈 곳 잃은 나그네의 길과 같다. 어디로 무엇 때문에, 왜 그곳으로 가는가 하는 까닭이 없기 때문이다. 컨셉이 있는 여행은 그렇지 않다. 여행 컨셉이 '멋과 맛'이라고 가정해 보자. 일사불란하게 멋있는 브랜드, 맛있는 브랜드를 중심으로 계획을 짜고 체험하게 된다.

컨셉은 구체화다.

컨셉은 잠자는 호수 위에 던져진 돌멩이 같다. 그 돌멩이는 잔잔한 또는 거센 파장을 일으키며 퍼져 나간다. 컨셉이 있으면 이렇게 모양새, 성격, 행동양식 등을 쉽게 떠올리게 된다. 네이밍, 디자인 등 브랜드 커뮤니케이션의 방향을 마치 그림처럼 명확하게 제시해 준다.

컨셉은 차별점 획득하기다.

컨셉은 브랜드 아이덴티티가 압축된 엑기스다. 모방이나 도용같이 남의 것을 가져와 내 것인 양하면 안 된다. 더구나 디지털 시대인 오늘은 비밀이란 없기 때문이다. 모든 브랜드의 궁극적인 목표는 차별적인 브랜드 컨셉을 확보하는 것이다. 한 번에 쉽게 얻어지지 않기에 '-ing'를 붙여서 브랜딩이라 부른다. Ing는 지속성, 일관성의 또 다른 이름이다.

그렇다면 이 중요한 컨셉을 어떻게 도출하는가?

필자는 프랑스 소설가 귀스타브 플로베르의 '일물일어설(一物一語說)'을 상기하고 실천해 볼 것을 권한다. '일물일어설'은 하나의 사물을 나타내는 데는 딱 맞는 말이 하나밖에 없다는 주장이다.

당신이라는 개인 브랜드의 컨셉도 마찬가지다. 당신을 표현하는 단하나의 단어나 말이 곧 당신의 강력한 컨셉이 된다. 컨셉은 끊임없는 자문자답을 통하여 얻을 수 있다. 어려운 일이지만 자신이 브랜드가 되려면 도전해야 한다. 깨달음을 얻고 특별함을 발견해야 한다. 아무도 대신해 주지 않는다.

스티브잡스는 매일 아침 거울을 보면서 자신에게 물었다고 한다.

"내가 하는 이 일이 정말 내가 원하는 일인가?"

이는 스티브잡스 자신만의 숭고한 의식이었고 자신의 특별함을 발견하는 계기가 되었을 것이다. 특별함은 누구에게나 있다고 한다. 아직 발견하지 못하고 있을 뿐이다. 실천이 없었기 때문이다.

"니가 보는 지금의 나의 모습 그게 전부는 아니야
멀지 않아 열릴 거야 나의 전성시대......."

한때 노래방을 달구었던 <맨발의 청춘>이라는 대중가요 가사다. 그렇다. 우리에게 전성시대는 곧 올 것이다. 나의 자존감도 세워지고 나의 꼴값도 올라갈 것이다. 그런데 전제가 있다. 그 전성시대는 당신을 표현하는 단 하나의 단어, 즉 당신의 브랜드 컨셉이 세워졌을 때 비로소 가능하다는 것이다.

03
NQ가 형님, IQ가 아우다

돈도 없고 이른 바 빽도 없는데 인맥까지도 없으면 무기력하다. 인맥은 NQ(Network Quotient 공존지수)라는 말로 세련되게 표현된다. 직장인의 생존지수라고도 불린다. 지능지수(IQ), 감성지수(EQ)도 있지만 사람들과의 관계를 잘 만들어서 '함께 잘 사는' NQ야말로 성공의 문을 여는 또 하나의 중요한 열쇠다.

물론 오늘날은 혼자서도 충분히 재미있게 살 수 있는 시대다.

'혼밥', '혼술' 등 혼자 문화의 열풍이 계속해서 거세게 불고 있다. 인터넷에서 지식검색에 단어 몇 개만 두드리면 박사학위 논문까지 관련 자료가 고구마 캐듯이 줄줄이 엮여 나온다. 1인 기업가로 성공한 사람들이 롤 모델로 주목 받는다.

나 홀로 독야청청(獨也靑靑)하는 것도 장점이 많은데, 그럴수록 타인과의 관계를 더욱 중요시해야 한다. 지식이 풍부하지만 혼자서만 잘 노는 사람이 아니라 여럿이 어울려 다양한 이들과 좋은 관계를 유지하는 것이 바람직하다.

극단적이긴 하지만 결혼식 하객을 돈을 주고 모셔오기까지 한다, 관계지수 제로가 겪어야 하는 바람직하지 않은 경험이다.

워싱턴 정가에서는 '무엇을 아느냐가 아니라 누구를 아느냐가 중요하다.'고 한다. 그만큼 인맥이 중요하다는 것이다.

세계적 컨설팅기업 프라이스워터하우스쿠퍼스에서 비즈니스 인맥 구축 전문 컨설턴트로 일하고 있는 존 팀펄리는 "내 꿈을 가장 빠르고 효과적으로 이루는 길은 내게 도움을 줄 수 있는 사람과 연결기반을 마련하는 것"이라고 강조한다.

네트워킹은 나를 브랜딩 하는 장기 캠페인의 원동력이다.

지속적으로 힘의 원천이 될 수 있도록 만들어야 한다. NQ는 친구이자 보험이다. 폭넓은 인적 네트워크를 이루는 일, 즉 NQ를 높이는 일은 어떻게 준비해야 하나? 인맥관리의 달인들이 가지고 있는 공통점을 벤치마킹 해보자.

선택과 집중을 한다.

아는 사람이 많다고 무조건 좋은 것은 아니다. 수는 적어도 얼마나 깊고 풍부한 관계를 맺느냐가 중요하다. 적극성이 지나쳐서 스토커처럼 매달리는 사람들은 거부감을 준다. 파레토 법칙(80/20 법칙)은 네트워킹에서도 유효하다.

받기 전에 베푼다.

삶은 본질적으로 Give & Take다. 먼저 투자를 해야 한다. 물질적인 것에서부터 감정이입까지 무언가를 주어야 한다. 네트워킹은 쌍방의 통행로다. 우선 밥 먹는 것부터 시도해 보자. 밥같이 먹는 일이 쉽지는 않지만 일단 성사되면 친밀도가 높아진다.

가능하면 새로운 사람을 만난다.

나와 비슷한 사람들은 익숙함의 장점도 있지만 새로운 정보나 기회를 얻기는 어렵다. 시너지는 나와 다른 분야의 사람들과 연결될 때 창조적으로 발휘된다. 집토끼 산토끼를 두루 잘 살펴야 한다.

경청(傾聽)한다.

모든 불경은 '나는 이렇게 들었다.'로 시작한다. 부처는 칭찬도 욕도 비난도 나쁜 말도 다 듣고 끝까지 경청했다. 남의 말을 잘 들어주는 것, 그것이 네트워킹 구축의 기본이다. 하나의 입, 두 개의 귀가 가지는 의미를 실천하자.

04
"입장 바꿔 생각해봐. 어찌 그 따위 말을 할 수 있나?"

　장인, 장모, 큰 처형, 작은 처형, 처남, 그리고 아내까지 처가(妻家)에는 한의원 애용자들이 많다. 그런데 특이하게도 특정 한의원만을 고집한다. 왜 그곳을 고집하는지 그 이유를 물었다. 아내는 직접 가보면 알수 있을 것이라며 동행을 요구했다.

　한의원의 첫 인상은 오히려 좋지 않았다.

　인테리어도 촌스러웠고 평범한 안내 등 서비스가 유별난 것도 아니었다. 그런데도 손님은 콩나물시루처럼 바글바글했다. "이건 뭐지?" 하는 의구심이 더 커졌다. 한참 동안 진찰을 기다리고 있는데 뭔가 알것 같은 소리가 들렸다. 손님들끼리 나눈 대화다.

　"내 아픔을 너무 잘 알아요."

　마치 내 몸 속에 들어와 있는 사람처럼 증세를 이야기한다는 것이다. 손님에 대한 공감능력이 한의원의 경쟁력이었던 것이다.

　미국의 문화인류학자 로먼 크르즈나릭은 공감을 '다른 사람의 처지가 되어 보고 그들의 감정(정서적 측면)과 관점(인지적 측면)을 이해하고, 그 이해를 활용해 우리의 행동을 인도하는 과정'이라고 말했다.

　남녀 사이에서의 공감은 사랑과 동일선상의 의미를 지닌다. 공감능력이 결여되면 그만큼의 아픔을 얻는다. 사랑이 잘 이루어질 확률이 낮기 때문이다. <화성에서 온 남자, 금성에서 온 여자>는 남녀 간의 차이, 그로 인하여 발생하는 공감의 의미를 가장 공감 있게 말하고 있다. '화성 남(男)'은 문제 해결에 집착하고 '금성 여(女)'는 문제 자체를 들어주기를 원한다.

공감의 궁극적인 목표는 상대방으로 하여금 이른바 '빵 터지게' 만드는 것이다. 두 가지 방법이 있을 수 있다. 하나는 내가 상대에게 다가서는 것이고, 또 다른 하나는 상대방이 내게로 다가오게 하는 것이다.

하나, 내가 먼저 다가가기.

공감은 지나친 자기애(自己愛)인 나르시시즘의 반대편에서 손짓한다. 공감의 진리는 누구나 알고 있지만 실천은 잘하지 않는 역지사지(易地思之)의 문제다. 상대방의 입장에서 생각해 보는 것이다. 많이 주면 많이 받는 법이다. 공감도 마찬가지다. 많은 관심을 기울일 때 많은 공감을 얻는다.

둘, 내게로 다가오게 하기.

공감이 감동의 수준으로 점프하는 방법이다. 예술의 경지는 이론이나 법칙을 뛰어넘는다. 클래스가 다르면 좋아한다. 예술작품을 감상하고 나서 오래 지속되는 감동처럼 당신의 매력이 오래 지속되는 감동을 주려면 예술 수준의 공감 능력을 가져야 한다. 보통 사람들 입장에서는 부러운 경지이지만 그럼에도 불구하고 노력해 보자.

"공감한다는 것은 다른 누군가의 처지가 되어 보는 것입니다. 우리와 다른 사람의 눈으로, 배고픈 아이들의 눈으로, 해고된 철강 노동자의 눈으로, 당신의 기숙사 방을 청소하는 이민 노동자의 눈으로 세상을 바라보는 일입니다. 우리는 공감을 장려하지 않는 문화에 살고 있습니다."

오바마 전 미국 대통령이 노스웨스턴 대학교에서 한 연설인데 왜 그의 개인 브랜드 파워가 강한지를 잘 말해주고 있다.

바로 '공감 능력'이다.

05
Why? How? What?

『사랑의 기술』의 저자 에리히 프롬은 "19세기에는 신이 죽었다는 것이 문제였다. 20세기에는 사람이 죽었다는 게 문제다."라고 말했다.

무슨 말인가? 인간이 하나의 상품처럼 되어서 죽은 거나 마찬가지라는 이야기다. 오히려 요즈음에 딱 맞는 말이다. 인정하기 싫지만 사실이다. 우리 스스로도 어느 대학, 어떤 전공, 어떤 기술을 가져야 잘 팔리느니 어떠니 하지 않는가?

퓰리처상 심사위원이며 글쓰기 코치의 전문가인 잭 하트(Jack Hart)는 "우리가 진짜 알고 싶은 것은 인간이 무엇을, 어떻게, 왜 하느냐이다."라고 말했다. 따라서 '무엇을, 어떻게, 왜'라는 육하원칙의 핵심 3요소를 가지고 각자의 생활을 반추해 보는 것도 자신의 경쟁력을 높이는 한 수단이 될 것이다.

첫째, What이다.

나는 무엇이고 무엇을 원하는가? 내가 가진 재능은 무엇일까? 이런 질문이다. 시계불알 같은 생활, 새로운 변화가 없이 무미건조하게 반복되는 생활에 의문을 던져야 한다. 스스로 경계하지 않으면 오감이 무뎌진다. 조직에서 만들어 놓은 원칙과 분위기에 맞추어 생활하다 보면 정작 내가 가진 재능이 무엇인지 자신도 선뜻 말하지 못하게 되고 심지어 궁금하게 여기지도 않게 된다.

둘째, How다.

내가 가진 재능을 어떻게 발전시키고 적용해 나갈까? 여기에 관한 질문이다. 지금 하는 일이 나의 재능을 발휘할 수 있는 분야인가를 묻는 것이다. 이상적인 경우는 현재의 하는 일이 나에게 딱 맞는 경우다. 이런 경우는 깊이와 수준을 향상시키기 위한 노력만 경주하면 된다.

그렇지 않을 경우는 어떤가? 예전에는 어영부영 무임승차하는 경우가 많았다. 그래서는 안 된다. 이런 경우는 과감히 바꾸자. 장기적으로 보면 옳은 결정이 될 것이다.

헤드헌팅 업계는 곧 경력사원들의 이직(移職) 시장이다. 이직 희망자들의 이직 이유는 상당 부분이 'How'에 있다. 직장과 코드가 맞지 않는 경우다. 공전(公轉)하는 직장과 자전(自轉)하는 개인과의 조화가 절묘하게 이루어져야 한다. 그렇지 않으면 서로가 낭패다. 누이 좋고 매부도 좋은 것이 되려면 냉정한 결정과 선택이 필요하다.

마지막은 Why다.

나의 재능이 담고 있는 의미를 밝히는 것이다. 바꾸어 말하자면 '나의 재능으로 어떠한 가치를 제공할 수 있을까?'라는 질문이다. Why 질문에 대한 답은 곧 자신의 신념이자 논리이고 명분이 된다. 나에게 힘을 주는 응원가이기도 하다.

리더십 전문가이자 저술가인 사이먼 시넥은 세 가지 가운데서도 특히 Why를 강조했다. 그의 강연 일부를 옮겨 본다.

"지구상의 모든 개인, 단체는 그들이 무슨 일(What)을 하는지 알고 있다. 이것은 100%다. 몇몇은 자신이 어떻게(How) 하는지도 알고 있다. 그것을 차별화된 가치 제안이라고 부르든 아니면 독점적인 프로세스라고 부르든 아니면 USP라고 부르든. 하지만 아주 극소수 사람 또는 단체들은 자신이 왜(Why) 그 일을 하는지 알고 있다. ......그 극소수의 위대한 리더들은 '왜? 어떻게? 무엇을?'의 순으로 생각하고 행동하고 소통한다."

Why? How? What?

이 세 가지 질문 요소를 자신의 경쟁력을 높이거나 나아가 성공적인 삶을 만들어가는 데 적절히 활용해 보자. 대단히 겸연쩍지만 사이먼의 공식으로 필자가 하는 일 또는 하고자 하는 일을 정리해 보았다. 당신의 경우라면 어떻게 정리할 수 있을까?

Why? 착한 영향력을 발휘하여 사회에 기여한다.
How? 힘이 들어도 하루에 원고지 10매 이상의 글을 쓴다.
What? 책을 저술한다. 강연을 한다.

06
경주마와 야생마

국정농단 사건에 대한 대법원 전원합의체의 최종판단에서 최씨 모녀의 말 세마리 값 36억원에 대한 뇌물 여부가 핵심 쟁점 중의 하나였다. 기왕 말 이야기나 나왔으니 말 이야기를 하나 더 추가한다. 일명 경주마와 야생마 이야기.

"경주마는 주어진 트랙만 열심히 달리죠. 왜 그래야 하는지 이유도 모른 채 무작정 달리기만 합니다. 물론 보상은 있습니다. 때가 되면 주인이 먹을거리를 챙겨 줍니다. 반면 야생마는 가고 싶은 곳을 마음대로 갈 수 있지만 경주마와 달리 먹거리를 스스로 구해야만 합니다. 트랙만 달리는 경주마에게는 없는 괴롭고 귀찮은 일이죠. 하지만 언제까지 주인의 보살핌을 받으며 트랙을 달릴 수 있을지 생각해볼 일입니다. 무엇보다도 그렇게 달려야 할 이유를 스스로 알아야 합니다. 그걸 모르면 배가 아무리 불러도 공허할 뿐입니다."

이 이야기를 전해준 이는 다음과 같은 당부도 했는데 자기가 주인공이 되는 인생을 준비하라는 내용이었다. 공감과 후회가 동시에 밀려왔다.

"답은 개개인의 마음속에 있습니다. 내 인생의 해답을 남에게서 구

할 수는 없는 것이죠. 남의 시선을 신경 쓰지 않는 게 행복을 위한 길임을 알면서도 실천하기가 쉽지 않습니다. 새장 속의 새처럼 늘 다른 사람의 시선 속에 갇혀 살 수는 없습니다. 남의 시선보다는 자신의 행복감이 어떤지 더 신경 쓰고 의식해야 합니다. 햇살 한 줌만으로도 행복을 느끼면 좋겠습니다. 바로 이런 것입니다. 내 행복의 기준은 나 자신이다. 다른 사람보다 낮고 못함도, 옳고 그름도 없다. 내 길은 내가 만들어 씩씩하게 나가자."

<Essentials: 인재>란 책을 집필한 톰 피터스는 인재가 되기 위해서는 개인을 재창조하고 자신을 브랜드화하라는 뜻으로 '브랜드 You'를 소리 높여 주창한다. 프리랜서는 말할 것도 없고 직장인이라도 나 스스로가 '나의 주식회사'를 경영하는 CEO로 생각하며 살라는 것이다.

내가 CEO가 된다는 것은 어느 조직에 속해 있느냐, 아니면 독립하여 일하느냐 하는 이러한 문제가 아니다. 바로 내가 그 기업가 정신, 즉 CEO 정신을 가졌느냐 아니냐에 달려 있을 뿐이다. 회사에 속해 있다 하더라도 자신을 독립적인 주체로 생각하여 회사에 자신의 서비스를 판매한다는 생각을 하게 되면 자기 일에 강한 책임감과 주인의식을 갖게 된다. 그것은 또한 자기 일에서 전문성을 강화하는 지름길이고 나를 회사와 수평적인 계약관계로 규정할 수 있도록 만든다.

절실함이 성공적인 변화를 이끈다고 한다.
나를 스스로 '내 삶의 CEO'로 임명하자.
그렇게 생각하고 그런 입장으로 살아가자.

07
나는 공덕동의 아문센일까?

탐험(探險)은 매우 절실한 발견행위다.

급변하는 소비자 환경, 경쟁 환경은 발견을 넘어 탐험이 필요함을 웅변하고 있다. 상품 마케팅이나 브랜딩이 탐험을 요구하는 것처럼 개인 브랜딩에도 탐험이 절실히 요구되고 있다.

탐험은 남들이 가지 않는 길을 가는 것이다.

새로운 길을 개척하는 것이기도 하다. 새로운 길을 낼 때는 낭떠러지는 없는지, 막다른 길은 아닌지 이곳저곳을 신중하게 살펴야 한다.

갈 때는 동지, 올 때는 식량
-photo by Amundsen

탐험은 용기다.

탐험은 기존의 틀을 깨는 생각이다. 남다르게 생각하고 크게 생각하는 것이다. 산술적인 성장보다는 기하학적 성장을 시도하는 것이다. 그러려면 미래에 대한 큰 그림을 그리고 그 그림을 실현시켜야 한다. 비유하자면 Big Picture & Detail이라는 익숙한 키워드에 Action을 하나 추가하는 격이다.

탐험은 신대륙 발견과 같은 것이다.

나도 몰랐던 나의 숨은 재능을 발견하는 일이기도 하다. 탐험에는 위험이 따른다. 바닷길 하나만 보아도 태풍, 파도 등 위험 요소가 많이 도사리고 있다. 나를 브랜딩 하는 경우도 마찬가지다. 강연가의 예를 들어 보면 청중의 반응이 제로일 경우, 마이크가 고장 날 경우, 정전 등이 강연 탐험에 등장하는 주요 위험요소이다.

탐험은 부끄러움을 극복하는 것에서 출발한다.

이른바 '부끄러움의 적폐 청산'이다. 모르는 것은 물어보고 도움을 청하자. 모르는 것은 부끄러운 것이 아니다. 그냥 덮고 지나가는 것이 더 부끄러운 행위다. 솔직히 있는 그대로를 털어 놓자. 그래야 보이고 전진할 수 있다.

탐험은 목표를 구체적으로 설정할 때 파괴적인 돌파력이 생긴다.

예를 들어 막연하게 '시장조사'라고 하는 것보다는 '직장인의 생존전략

조사'라는 편이 낫다. 탐험은 현재에 충실하는 것이다. 보통은 더 좋은 미래를 기대하거나 과거에서 시사점을 얻는 일은 잘한다. 하지만 현재에 집중하는 능력까지 갖춘 사람들은 많지 않다. 미래에 대한 희망고문이나 지나친 과거 집착은 생산적인 탐험에 도움이 되지 못한다.

좋은 탐험이 되려면 어떻게 해야 할까?

내가 맡은 프로젝트의 리더십을 확보해야 한다. 업무를 능동적으로 처리할 수 있고 세상이 뭔가를 가져다주기를 기다리지 않게 된다. 가만히 앉아서 운명에 휘둘리지 않는다. 오히려 비키라고 호통을 친다.

아문센은 위대한 탐험가의 대명사다. 그의 성공에 배어 있는 리더십을 눈여겨보고 이를 우리의 개인 브랜딩 탐험에 접목해 보자. 그의 리더십은 세 가지로 요약된다.

하나, 냉정함
둘, 철저함
셋, 꾸준함

아문센은 1911년 12월 14일, 개썰매로 베이스캠프를 출발한 지 55일만에 남극점을 정복했다. 우리도 생활 속의 아문센이 되어보자.

08
"왜 헤드에요?"

헤드헌팅 일을 하고 있다고 소개하면 상대로부터 자주 받는 질문이다. 의외의 질문에 잠시 멈칫하다가 "헤드는 곧 인재(人材)이지요."라는 공식 같은 대답을 한다. 질문했던 사람들의 대부분은 동의하기 어렵다는 표정을 짓는다. 왜 그럴까?

사실 헤드헌팅의 어원적 유래는 평소 일반 사람들이 막연하게 생각하는 것과는 많이 다르다. 좀 길지만 자료 원문을 그대로 옮긴다.

원래 [헤드헌터(Head Hunter)]란 원시 부족들이 상대 부족들의 머리를 잘라오는 [머리사냥(Head Hunting)]에서 나온 말이다. 국내에서는 중역(임원)이나 전문 인력 등을 기업체에 소개해주는 사람이나 업체를 나타내는 말로 널리 쓰인다.

알고 보니 업계에서 의도하는 '인재를 찾는다.'는 의미와는 많이 동떨어져 있다. 직역의 의미는 더욱 더 끔찍하다. '목을 따오다니?' 인재 사냥꾼이 아니라 인간 사냥꾼인 셈이다. 용어를 바꾸라는 비판적 충고가 현실로 다가온다.

결론적으로 '헤드' 대신 '브랜드'로 대체함이 적절하다는 생각이다. 즉 '헤드 헌터'는 '브랜드 헌터'로, '헤드헌팅회사'는 '브랜드헌팅회사'로 말이다. 물론 여기서 브랜드는 이른바 개인 브랜드, 또는 퍼스널 브랜드를 말한다. 왜 브랜드인가?

첫째, 우리 개인도 각자 하나의 브랜드다.

매주 월요일 아침에 주간회의를 갖는다. 회의의 하이라이트는 추천한 후보자의 진행 상황이다. 심플하다. 합격이거나 탈락이거나 둘 중의 하나다. 합격과 탈락을 결정하는 기준은 무엇인가? 답은 어렵지 않다. 그 사람의 상품성이다. 즉 브랜드력(力)이다.

　주말에 종종 아내와 장을 보러 가는데 그때마다 묘한 느낌을 받는다. 매대 위에 진열되어 있는 각종 제품의 브랜드가 사람처럼 보인다. 나의 직업병이기도 하지만 "나도 매대 위에서 선택을 기다리는 하나의 상품에 지나지 않는다."라는 어느 취업준비 대학생의 절규가 아직도 귓전을 울리기 때문이다.

둘째, 좋은 브랜드의 의미와 인재의 기준은 동일하다.

좋은 브랜드, 특히 명품 브랜드는 다음의 3가지 핵심 의미를 지니고 있다.

　하나, 응축성이다. 즉 컨셉이다. 특징이나 장점을 엑기스화한 것이다.

　둘, 차별성이다. 컨셉이 경쟁자와 구분되는 특별함을 가지고 있다. 다르거나 더 좋거나 둘 중에 하나다.

　셋, 공감성이다. 차별화된 특징과 장점은 고객이 선택할 수 있도록 어필한다.

사람의 경우도 상품과 다르지 않다. 개인 브랜딩은 자신만의 차별성 있고 공감을 주는 컨셉을 만드는 것이다. 이러한 브랜딩의 줄기를 기준으로 하여 스펙, 스토리, 키워드 같은 경력의 꽃을 피워서 큰 나무가 되는 것이다. 이는 곧 기업에서 스카우트하려고 탐내는 인재(人材)다.

밀란 쿤데라의 소설 『정체성』에서 광고회사 커리어 우먼인 샹탈은 느닷없이 이런 말을 한다.

"다른 남자들이 더 이상 나를 쳐다보지 않아."

네 살 연하의 동거남 애인인 쟝 마르크는 자아불확실성에 빠진 이 여자 애인을 달래는 방법으로 익명의 남성을 가장한 편지쓰기를 택한다. 지고지순하지만 어딘지 멍청이 같은 구석이 보인다. 나라면 이렇게 답을 하겠다.

"당신은 아직 브랜드가 되지 않았기 때문이야."

지금부터 인재의 기준은 '헤드'가 아니라 '브랜드'라고 해야 옳다. 따라서 브랜딩은 곧 우리가 인재가 될 수 있는 아주 쉬운 기술이기도 하다.

09
"보석이다. 아니다, 쓰레기다."

　브랜드는 소비자에게 무언가를 제공한다. 우리가 보람 있게 쓸 수 있는 많은 효용을 주고 또한 사회적 위신을 대리 표현해 주면서 소비자에게 자기만족을 제공하기도 한다. 이런 것들을 잘 제공해주면 유명 프리미엄 명품 브랜드라는 평가를 받게 된다. 당연히 소비자들은 그 브랜드에 열광하고 집착한다.

　브랜드가 어떤 가치를 주느냐에 따라서 소비자는 그에 상응하는 브랜드 평가를 하게 된다. 브랜드도 주는 만큼 되받는 것이다.

　"그 브랜드는 보석이다. 아니다, 쓰레기다."

　브랜드 이론서에 따르면 브랜드가 소비자에게 제공하는 가치는 통

상 3개의 가치로 구분한다. 기능적 가치, 정서적 가치, 상징적 가치가 그것이다.

기능적 가치(functional value).

브랜드가 소비자에게 제공하는 가장 중요한 가치가 물리적, 기능적인 측면의 효용일 경우를 말한다. 기능적 가치는 "냄새를 싹 없애 줄 거야.", "습기를 쭉쭉 빨아들여서 옷이나 이불을 뽀송뽀송하게 해줄 거야." 등과 같이 소비자에게 기능과 관련된 해결 방안에 대한 기대감을 갖게 해준다.

사람으로 치면 핵심 역량이다. 일반적으로 사무직 직장인의 경우라면 종합적인 업무 능력이 여기에 해당한다. 기획력, 발표력, 대외 협상력, 커뮤니케이션 능력, 외국어 능력, 해외시장 개발 능력 등이 그 예다.

상징적 가치(symbolic value).

M 만년필은 '인류 역사를 바꾸는 펜'이라는 찬사를 받는다. 그래서인지 국가 정상들이 회의를 마치고 합의문을 작성할 때면 M 만년필이 등장한다. 상징적 가치의 브랜드란 사용자의 품격이나 위상과 관련된 상징성을 지닌 브랜드를 일컫는다.

사람이라는 브랜드의 상징적 가치는 어떻게 설명할 수 있을까? 어떤 사람을 제대로 알기 위해서는 그 친구를 보라는 말이 있다. 좋은 친구는 그의 친구에게 좋은 상징적 가치를 제공한다. 호불호가 크게 나뉘겠지만 이런 경우가 아닐까 싶다

"나는 대통령 감이 됩니다. 나는 문재인을 친구로 두고 있습니다. 제

일 좋은 친구를 둔 사람이 제일 좋은 대통령 후보 아니겠습니까?"

문재인이라는 브랜드는 친구 노무현에게 의미 있는 상징적 가치를 제공한 것이다.

감성적 가치(emotional value).

브랜드가 소비자에게 제공하는 핵심가치가 '아름답다.' '섹시하다.' '재미있다.' '향기롭다.' 등과 같이 감성적인 느낌과 관련된 경우다. 감성적 가치의 브랜드는 진지하고 딱딱한 설명대신 소비자와 오감의 느낌으로 대화한다.

어느 초콜릿 브랜드는 속삭였다.

"고독마저도 감미롭다."

어느 껌 브랜드는 노래했다.

"당신은 아카시아처럼 예쁘고 향기롭다."

사람의 경우는 감성지수(EQ. Emotional Quotient)에 해당한다. 감성지수는 인간의 정신작용을 정서적으로 파악한 지수다. 자신은 물론 다른 사람의 감정을 이해하는 능력이다. 일반적으로 감성지수가 높을수록 인생에 대해 긍정적이며, 대인관계가 원만하고, 창조적 문제 해결능력을 갖춘 것으로 알려지고 있다.

우리는 날마다 생각, 감정, 말, 행동, 표정 등과 같은 가치의 씨앗을 뿌리고 있다. 문제는 어떤 씨앗을 심느냐에 있다. 당연히 긍정적인 씨앗을 뿌려야 한다. 그래야 긍정적인 싹이 터서 자신을 긍정적인 사람으로 평가받을 수 있게 한다.

10
"마, 한 번 해 보입시다!"

"사느냐 죽느냐 그것이 문제로다."

셰익스피어 4대 비극 중 하나인 <햄릿>의 3막 1장에 나오는 유명한 독백이다. 햄릿은 선택장애, 우유부단함의 대명사로 알려져 있는데 하나를 더 덧붙여야겠다. 문제해결 능력 부족이 바로 그것이다. 필자 때문에 햄릿이 우리나라에서 억울한 수난을 당하고 있다.

문제해결 능력은 '나'라는 브랜드를 돋보이게 하는 핵심역량이다. 삶은 질문과 대답의 반복이고 문제 발생과 문제 해결의 연속이다. 해결사는 파워 브랜드다. 상품 브랜드는 소비자의 욕구를 해결해주는 러브 마크 브랜드이고, 개인 브랜드는 고객의 가슴을 속 시원하게 뚫어주는 인기 짱의 빅 브랜드다.

우리는 생활 속에서 수많은 해결 과제에 봉착하며 지낸다. 속 시원한 방법이 없을까? 개인 브랜드 파워를 자랑하는 해결사들의 공통점 3가지를 해결 방안으로 소개한다.

하나, 끝장정신.

그들은 문제를 잡으면 근원을 찾아간다. 땅속 깊이 자리 잡고 있는 뿌리를 파헤친다. '적당히'라는 유혹을 이기고 문제를 기필코 해결해 답을 내는 정신이다.

"되는 것도 별로 없지만 안 되는 것도 없다."

평소 그들이 중얼거리는 말이다.

둘, Big picture & Detail 정신.

그들은 숲과 나무를 동시에 본다. 큰 맥락을 읽으면서도 미세한 타이밍을 놓치지 않는다. 마치 사냥매가 하늘 높이 빙빙 날다가 먹이를 발견하고 순식간에 낚아채는 모습과 같다.

셋, 주인정신.

그들은 책임감으로 무장되어 있다. 굳이 자신의 일이 아니더라도 나의 일처럼 여기고 해법을 강구한다. 최동원은 1984년 한국시리즈 마지막 7차전 혈투에 나서는 각오를 "마, 한 번 해 보입시다!"로 간략하게 설명했다. 해결사다운 카리스마가 번뜩인다.

5장

상징

눈에 보이는 '자산'을 만들자.

상징은 나를 지켜주는 수호신이다.

나만의 상징자산은 영원불멸의 보물이다.

N1
'딩디디딩~♬, 아하~!'

    <주홍글씨>는 미국 작가 나다니얼 호손의 장편소설이다. 간통한 여자 헤스터 프린에게 한평생 죄의 표지인 'A'자를 가슴에 달고 살도록 했다. 이것이 바로 '주홍글씨'인데 오늘날 지워지지 않는 수치의 상징으로 여겨진다.

    상징은 브랜딩 전략의 중요 요소 가운데 하나다.

    애플의 사과, 파리의 에펠탑, 영국의 근위병, 중국의 만리장성, 미국의 자유의 여신상, 일본의 후지산, 링컨의 수염을 상기해 보라. 물론 좋은 경우의 예다. 반면에 주홍글씨처럼 잘못된 상징은 괴상한 문신과 흉터처럼 두고두고 나쁜 인상으로 남게 된다. 따라서 상징을 창출하는 상징화(symbolization)는 주먹구구식이 되어서는 안 된다.

    상징화는 이른바 3S로 구체화되어 그 모습을 드러낸다.

    <S=3S>라는 상징화의 공식이 바로 그것이다. 상징화는 효과를 극대화하기 위하여 인간의 오감을 자극한다.

S1. Sound의 상징화다.

소리를 통하여 청각을 자극하는 것이다. 인텔 인사이드를 생각해 보라. TV CF 등 동영상에서 '딩디디딩~♬' 하는 익숙한 소리를 들으면 자연스럽게 인텔을 떠올릴 것이다. 사람도 목소리의 성량, 음색, 강약 조절 등을 통하여 자신을 사운드로 상징화할 수 있다. 사람들은 도올 김용옥 선생님의 목소리만 들어도 '아하!' 하고 금세 알아차린다. 목소리가 상징화되었기 때문이다.

S2. Scene의 상징화다.

비주얼(Visual)은 강력한 시각적 자극 요소이다. 또한 가장 보편적인 상징화 영역이다. 보여줄 수 있는 모든 것이 Scene의 상징화다. 기업이나 브랜드에서 사용하는 대표적인 방법으로는 심볼, 로고, 캐릭터 등이 있다. 사람의 경우에는 안경, 헤어스타일, 복장 등 외면적인 모습으로 나만의 심볼을 만들어서 사용할 수 있다. 문학, 스포츠, 예술 등에서의 창작물은 상징화의 극단이다. 창작자들은 그 상징물과 함께 영원하다.

S3. Sentence의 상징화다.

말이나 문장을 통하여 머릿속을 자극하는 것이다. 브랜드로 치면 슬로건이나 캐치 프레이즈, key copy 같은 것이다. 사람의 경우는 명언이 이에 해당한다. 명언은 그 사람을 쉽게 떠올리게 한다. 마틴 루터 킹 목사는 "나에게는 꿈이 있습니다."라는 말을 남겼다. 그는 그 말과 함께 기억되고 있다.

상징은 나를 사람들과 연결해주는 끈이다. 상징은 나를 든든하게 지켜주는 성(城)이다. 과연 나만의 상징물이 있는가? 우리 모두 지금 하고 있는 일을 눈에 보이는 멋진 상징물로 만들어 내자.

∩2
S(symbolization)=3S(Sound. Scene. Sentence)

필자의 상징화 공식이다. 3S 각각을 세부적으로 다룰 것인 데 첫 번째로 말이나 문장을 통하여 기억을 용이하게 하는 Sentence의 상징화에 대하여 살펴본다.

『마케팅 불변의 법칙』에서는 22개의 주요 법칙을 다루고 있는데 그 중에 '집중의 법칙'이라는 것이 있다. 마케팅에 있어서 가장 강력한 개념은 기업이나 브랜드 입장에서 최우선적으로 내세우고 싶어 하는 핵심단어를 고객의 기억 속에 뿌리 깊게 심는 것이라는 내용이다.

핵심단어는 곧 고객이 그 브랜드를 선명하게 인식하게끔 도와주는 상징 언어다. 집중의 법칙은 언어의 상징성이 얼마나 중요하고 강력한지를 말해준다. 결국 마케팅이나 브랜딩은 언어의 상징 싸움이라고 표현해도 과언이 아니다.

상징 언어는 장기적 차원과 지금 당장의 단기적 차원으로 구분할 수 있다. 장기적 차원의 언어는 브랜드 슬로건이 대표적이다. 단기적 차원은 해당 시점의 마케팅 이슈를 담게 되는데. 광고나 홍보의 핵심 메시지로 부각된다. 물론 상호간에 연계성을 지녀야 한다.

언어의 상징은 다양한 형태로 우리의 생활 속에 존재한다. 유행어를 포함하여 별명, 명언, 키 워드(Key Word), 호(號), 묘비명 등이 그 예다. 좋은 상징 언어의 기준은 무엇인가? 여러 사례와 필자의 경험을 바탕으로 다음 세 가지의 키워드에 그 기준을 담았다.

첫째, 사자후(獅子吼).
사자후는 사자의 울부짖음이라는 뜻이나 사실은 석가모니의 가르침을 말하는 불교용어다. 일반적으로는 열변을 토하는 설득력 있는 연설을 말한다.

"나에게는 꿈이 있습니다."

마틴 루터 킹 목사의 연설인데 널리 알려진 만큼 설득력이 있는 연설의 으뜸으로 평가를 받고 있다. 필자는 오래된 동영상을 보고도 큰 감흥을 받았다. 실제 현장에 있었다면 감흥의 강도는 훨씬 강했을 것이라고 생각한다.

둘째, 순애보.
순애보는 순수하고 순결한 사랑 이야기다. 진실성이 줄기를 이루고 사랑의 꽃이 피어나는 나무 한 그루다. 고객 사랑의 절창(絶唱)이다. 이런 말을 하는 사람을 기억하지 못한다면 듣는 이가 오히려 이상하다.

여주인공이 눈밭에 깊은 발자국을 남기며 산을 향하여 앞으로 나아간다. 그 산은 첫사랑의 남자가 죽어간 곳이다. 멈추어 서서 두 손을 입에 대고 외친다.

"오겡끼데스까(お元気ですか?)
잘 지내고 있나요?"

눈을 감아도 장면과 대사가 떠나지 않듯이 영화 제목 <러브레터>도 잊히지 않는다. 순애보적 진실성 때문이다.

셋째, 희망봉.

글자에 나타나는 그대로 희망을 상징하는 봉우리 같은 의미를 지녀야 한다. 현제명 작사 작곡의 가곡 <희망의 나라로>에 그 내용이 오롯이 담겨 있다. 자유 평등 평화 행복 가득한 곳 희망의 나라처럼 희망적이고 미래지향적이어야 한다.

예를 들면 "야호~" 같은 뉘앙스를 풍기는 언어면 좋다. "야호"는 수고에의 격려다. 땀의 결실이다. 만일 산 정상에서 "야호~"를 뛰어넘는 상징 언어를 선보였다면 그 사람은 잊혀지지 않는 존재가 될 것이다. 희망이라는 공감 때문이다.

언어의 상징과 개인 브랜딩은 밀접한 관계를 가지고 있다. 즉 좋은 상징 언어는 우선, 고객으로 하여금 나를 기억하기 쉽게 만들어준다. 나아가 나는 그 상징의 의미를 실현하기 위하여 노력한다. 나의 상징 언어가 '정직'이라면 나는 정직한 사람이 되기 위해 노력해야 하는 의무감이 생긴다. 따라서 고객이 나의 상징 언어를 불러 주기만 하면 나의 인생은 '쨍 하고 해가 뜨는 날'이 될 것이다.

03
"척 보면 압니다."

눈을 감으면 사람이든 사물이든 무언가가 떠오르는 것을 볼 수 있다. 이때 떠오르는 그것은 상징화가 잘 된 것이다. 퍼스널 브랜딩에 있어서 비주얼 상징화는 나에 대하여 풍부한 볼거리를 만드는 것에 다름 아니다. 비주얼 상징화의 구성요소나 방법은 무궁무진한데 핵심적인 것은 크게 다음의 두 가지다.

첫째는 나만의 상징 칼라를 선택해서 활용하는 것이다.
21세기는 감성의 시대라고 한다. 컬러는 이 감성 시대에 최고의 고부가가치 소프트웨어다. 색은 또한 상징의 강력한 수단이다. 어떤 색을

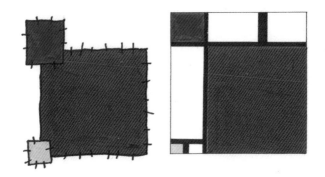

접했을 때 우리는 특정한 이미지나 의미를 연상하기 때문이다.

빨강을 예로 들어 보자. 빨강은 가장 힘차고 역동적이며 강하고 격렬한 색이다. 사람들의 감각과 열정을 자극하며, 자기 확신과 자신감을 강하게 전달한다. 다른 색보다 시선을 끄는 효과가 뛰어나 주의를 끌어 강조하고 싶을 때 사용하기도 한다. 2002년 월드컵의 기억은 붉은 악마의 빨강 물결로 인하여 더욱 더 강력한 기억으로 남았다.

산타 할아버지는 빨간 코 루돌프와 함께 우리에게 선물을 주고 갔지만 산타 할아버지의 빨간색 외투는 세밑을 장식하는 시그니처 컬러로 사랑받는다. 산타의 빨간색 심볼은 외국의 유명한 콜라 회사가 전개한 마케팅 전략에 힘입어 유명해진 씁쓸함도 묻어 있다. 하지만 구세군의 복장도 마치 산타처럼 빨간색 상징으로 사랑을 전하고 있으니 위로가 된다. 이처럼 상징 칼라는 사람들에게 강한 메시지나 이미지를 전달한다.

빨강 색뿐이겠는가. 하얀색은 순수의 색, 파랑은 리더의 색, 보라색은 왕족의 색, 녹색은 환경과 건강의 색 등으로 칼라별로 저마다의 의미와 칼라 정체성을 지니고 있다. 적합성에 따라서 전략적으로 사용할 수 있다. 기업에서는 컬러 마케팅을 마케팅의 주요 수단으로 적극적으로 활용하고 있다. 색상이 지니는 상징성을 이용해서 메시지를 전달하는 것이다.

K선배가 있었다. 선배는 항상 검정색만 고집했다. 봄, 여름, 가을, 겨울 사계절의 모든 옷이 검정색이다. 신발, 시계, 손가방, 자동차도 검정색이다. 속옷도 당연히 검정색일 거라고 킥킥대기도 했다. 오랜 시간이 지났지만 선배의 모습은 지금도 눈앞에 서 있는 듯이 선명하다. 검정색을 상징화하여 자신을 다른 사람과 차별되도록 브랜딩한 것이다.

두 번째는 나만의 로고나 심볼을 만들어 활용하는 것이다. 기업 심볼의 예를 들어보자. 애플의 사과 심볼은 'Think Different!'라는 기업철학을 비주얼로 상징화한 것이다. 애플 심볼의 강력함은 풍부한 연상과 스토리에 있다. 스티브 잡스는 왜 사과를 심볼로 선택했을까? 하필이면 왜 한 입 베어 문 사과일까? 많은 궁금증은 애플을 더욱더 주목하게 만들고 다양한 '설(說)'을 만들어낸다. 꼬리에 꼬리를 무는 설 때문에 사람들은 애플을 쉽게 잊을 수가 없게 된다.

이렇듯 칼라나 로고, 심볼 등과 같은 비주얼 상징화의 큰 원칙은 무엇인가? 상징화의 목표도 역시 차별화다. 비주얼 상징화는 비주얼 상징요소를 활용하여 경쟁자보다 좋은 인상을 얻는 것이 그 목표다. 일반적으로 다음의 두 가지를 강조하고 있다.

하나는 비주얼 상징도 그 핵심은 우선 '나'다운 점을 풍성하게 담아야 하는 것이다. 그러기 위해서는 나의 컨셉을 정확히 세우고 그것을 반영해야 한다. 컨셉은 차별화된 나의 특징이다. 나만의 가치와 철학이다.

원칙의 다음 하나는 고객과의 공감이다. 브랜딩은 고객을 전제로 하고 있다. 고객에게 나의 특별함을 어필하여 나를 선택하도록 하는 것이다. 자기 멋에 취하여 이른바 '튀는' 상징은 바람직하지 않다. 고객의 공감을 얻지 못하면 만사 도루묵이다. 우리도 저마다 자신만의 멋진 개인 비주얼 상징을 만들어보자.

"척 보면 압니다." 하는 그런 것.

04
"이번 역은 공덕역입니다."

　지하철의 청아한 안내 멘트와 흥겨운 멜로디는 오랜 친구처럼 정겹다. 특히 환승역의 멜로디는 역마다 독특하여 고개를 숙이며 졸다가도 그 소리를 듣고 가까스로 환승에 성공한다. 사운드가 하나의 상징이 된 덕분이다

　예전에 어느 광고주 회장님은 광고에 특별한 관심을 보여서 늘 긴장하지 않을 수 없었다. TV광고 결재를 받기 위해서는 사용된 멜로디는 물론이고 가수, 가사, 스토리 등 제반 관련 정보를 훤히 꿰고 가야만 했다. 회장님은 다음과 같은 지침을 자주 전했는데 바로 사운드 브랜딩이다.

　"주부들이 부엌에서 일하느라 TV 화면을 직접 보지 못할지라도 배경음악만 듣고도 우리 회사 광고라고 인식할 수 있어야 합니다."

　연속극의 시그널 뮤직도 대표적인 소리의 상징이다. 장모님과 아내는 주말연속극 시그널 화면이 나올 때면 얼굴 표정이 금세 행복 모드로 바뀐다. 오늘 전개될 드라마 내용에 미리 빠져들기 때문이다. 소리의 상징이 가지고 있는 힘이다.

　개인 브랜딩 차원에서도 소닉 브랜딩과 같은 소리의 상징화는 대단히 중요하다. 자신을 알리고 기억시키는 데 효과적이기 때문이다. 기

업 브랜드처럼 소닉 브랜딩 요소를 모두 다 활용하기는 불가능하지만 다음의 두 가지를 권장한다. 비교적 쉽게 현실화할 수 있기 때문이다.

첫째, 목소리로 나를 브랜딩하자.

목소리는 그 무엇보다도 가까이에서 접할 수 있는 개인의 sound 상징 코드다. 목소리는 대부분 타고나지만 후천적인 노력을 기울여서 개인 상징화한 경우도 많다. 목소리의 리듬이나 고저 등을 전략적으로 다듬은 것이다.

필자는 목소리 때문에 종종 곤란한 상황에 처하곤 한다. 대학생들을 대상으로 강연을 했는데 목소리에 대하여 반응이 정확히 둘로 나뉘어졌다. 한 부류의 평가는 긍정적이다.

"목소리가 특이하다. 기억에 남는다."

또 한 부류의 반응은 섭섭한 것이었다.

"짝퉁 김용옥 교수 목소리다."

"목소리가 갈라져서 비호감이다."

효과적인 상징으로 만들려면 잘 디자인해야 하는 과제를 안고 있다.

유행어 "부탁해요~!" 하는 소리를 들으면 누가 연상이 되는가? 아마 많은 사람들이 자연스럽게 배우 이덕화를 떠올릴 것이다. "부탁해요~!"는 이덕화라는 개인 브랜드가 유명세를 타는 데 큰 역할을 했다. 특유의 목소리와 리듬 덕분이다. 이덕화는 롤 모델인 이순재 선배를 흉내 내다가 지금의 목소리로 변해 버렸다고 그 사연을 밝힌 바 있다. 숨은 노력을 한 것이다.

둘째, 애창곡으로 나를 브랜딩하자.

군대시절, 부대 노래자랑 대회가 열렸다. 감히 출전을 했다. 대회가 끝나고 나서 부대원들은 한동안 나를 '행주치마' 병사로 불렀다. 참가곡인 <향기 품은 군사우편>의 노랫말에 "행주치마 젖은 손에 받은 님 소식은......." 하며 '행주치마'라는 키워드가 들어 있었기 때문이다.

노래가 나를 다른 사람으로 하여금 쉽게 기억을 할 수 있도록 만든다. 누구나 자신만의 애창곡이 있다. 그 노래만 들으면 자연스럽게 그가 생각난다. 노래가 sound 상징화의 역할을 해내기 때문이다.

애창곡조차 개인 브랜딩 차원을 고려해서 선정해야 한다면 노래의 흥이 도망가지 않을까 하는 걱정도 있다. 그러나 어쩌랴. 나를 잘 알려야 하지 않겠는가? 단풍이 불꽃으로 변하는 10월의 어느 날인 지금, 당신의 애창곡은 무엇인가?

05
"간디는 왜 물레질을 하는가?"

찰스 디킨스는 독자에게 가장 많은 사랑을 받았던 20세기 영국의 대표적인 작가다. 예술성과 상업성 두 마리 토끼를 다 잡은 최초의 인물이라는 부러운 평가도 따른다. 대표작은 성찰 소설 <위대한 유산> 등 다수가 있다.

<위대한 유산>은 제목부터 고민스럽다. <위대한 유산>의 원제는 <Great Expectations>이다. 우리말로 번역하면 당연히 <위대한 기대>일 텐데 말이다. 유산이라면 Inheritance이어야 올바르지 않는가? 한자로도 적어 놓지 않아서 궁금증은 더했다. 遺産인가?

아무튼 우리는 매일매일 어떤 '유산'을 만들고 있는 셈이다. 삶이 곧 유산이니까 말이다. 그런데 기왕이면 아주 의미 있는 유산을 만들자. 가장

이상적인 것은 '고전(古典)'을 만드는 것이다. 아니 '전설(傳說)'이라는 말이 더 적절하겠다. 유산을 만들겠다고 인식을 하게 되면 나의 행동과 선택이 달라진다. 이러한 유산은 곧 가장 강력한 나의 '상징'에 다름 아니다.

나의 경우는 책을 선택했다.

아주 어렵게 졸저(拙著) 하나를 출간했다. 세상의 평가는 좋은 냄비받침 하나 나왔다는 것일 터이다. 물론 내 입장은 다르다. 좋은 의미로는 '위대한 유산' 하나를 창조해낸 것이다. 비판적인 의미로는 나의 수준을 냉정하게 바라볼 수 있었다는 것이다. 앞으로 책을 쓰는 데 커다란 지침이 될 것이다.

무엇을 평가하는 데 가장 정성적인 기준은 자식이다. 자식에게 물려줄 만한 유산은 무엇일까? 아마도 그것을 가장 값진 유산으로 생각할 것이다. 우리 아이들이 나중에 내 모습을 어떻게 기억할까 하는 데 생각이 미치면 정신이 번쩍 드는 이유다.

유산은 크게 물질적 유산과 정신적인 유산으로 나뉜다. 정신적인 유산이 진정한 유산이라는 주장이 우세하다. 명심보감에는 '자식에게 천금을 물려주는 것이 기술 한 가지를 가르치는 것만 못하다.'고 했다. '머리에 지혜를, 가슴에 사랑을, 손에 근면'을 유산으로 물려주는 부모가 가장 존경받는 부모다. 그것이 무엇일까?

알랙상드르 자르댕의 <쥐비알>은 아버지와 함께한 추억을 이야기하면서 아버지로서의 자신을 깨닫는다는 내용이 담겨 있다. 자식에게 어떤 유산을 남겨야 하는지를 생각하게 하는 메시지를 던지고 있다.

미국의 사진작가 마가렛 버크 화이트가 찍은 '간디와 물레'라는 사진을 떠올려 보자. 물레 뒤편에서 간디가 책을 읽고 있는데 물레는 간디의 상징이고 비폭력 투쟁의 상징이다. 또한 인도 독립운동의 상징이다. 간디가 물레를 돌려 옷을 만들어 입은 것은 영국 물건을 사지 말고 국산품을 애용하자는 고귀한 뜻이 담긴 행동이었다.

상징은 곧 유산이다. 위대한 유산을 남기는 것은 나를 특별하게 하는 방법인 자기 브랜딩에 있어서 궁극의 과제다. 우리는 어떤 상징을 나의 유산으로 남길 것인가? 이 또한 어렵지만 도전해 보자.

06
"마침표를 팍 찍으란 말이야!"

마침표는 뭔가의 끝이자 새로운 시작의 역할을 한다. 마침표를 찍지 못하면 게임을 완성하지 못한다. 승리를 만들어내지 못한다. 완성하지 못하면 상징으로 남을 수가 없다. 상징은 마지막의 점 하나로 탄생한다. 마침표의 중요성은 글쓰기 무대에서 가장 우뚝 솟는다.

"적절한 장소에 찍힌 마침표만큼 심장을 강하게 꿰뚫는 무기는 없다."

이사크 바벨의 말이다.

"문장은 자를 수 있으면 최대한 잘라서 단문으로 써주게, 탁탁 치고 가야 힘이 있네."

강원국의 <대통령의 글쓰기>에서 소개한 노무현 대통령의 글쓰기 지침이다.

"끝나야 할 때가 언제인지를 아는 낙화 같은 글을 쓰는 연애 고수가 되고 싶어서, 자주 되뇐다. 독자는 연인이다. 독자를 지루하게 하지 말자."

<글쓰기의 최전선>의 은유 작가가 강조하는 말이다.

문장의 마침표와 마찬가지로 삶 속에서의 마침표도 중요하다.

삶의 문장에서 마침표를 제때 제대로 찍지 못했다 함은 제대로 무엇을 잘 끝내지 못했음을 의미한다.

"화룡(畫龍)에 점정(點睛)이 빠졌어."

"2%가 부족해."

선배들에게 기획서 리뷰를 받을 때마다 듣던 소리다. 선배의 위치가 되어 후배들에게 하던 소리이기도 하다. 점 하나가 빠지면 작품이 되지 못한다. 그림도 그렇고 기획서도 그렇고 인생살이도 그렇다. 아마도 한 점의 위상을 가장 강력하게 표현한 말인 듯싶다. 화룡점정이다.

"아~ 마침표를 찍지 못하네요."

야구경기에서 9회 말 투 아웃 풀카운트 상황이다. 투수는 전력투구를 하는데 계속해서 파울 볼이 나온다. 중계방송에서 한탄하듯 나오는 소리다.

"마침표를 팍 찍으란 말이야, 종지부를 찍어."

여자배구 경기에서 35점대의 듀스가 이어진다. 팬들에게는 흥미진진한데 선수들에게는 그렇지 못한 모양이다. 결정적인 찬스를 놓친 후 작전 타임에서 감독이 선수들에게 하는 독려의 말이다.

나를 포함하여 많은 사람들이 '금연한다.'는 문장에 마침표를 찍기 위해서 무던히 노력한다. 그러나 여전히 쉼표의 연속이다. 작심삼일이라는 늪을 건너서 이 문장에 마침표를 찍고 건강한 생활로 거듭나야겠다.

점 하나를 어떻게 찍느냐에 따라 '님'도 되고 '남'도 된다.

마침표는 점 중의 점이다. 이른바 왕(王) 점이다. 적절한 때와 장소에서 마침표를 딱 찍을 수 있는 '마침표 정신'이 우리를 전혀 다른 사람으로 인식시킬 수 있다. 나 자신을 더욱 더 매력 있게 브랜딩 할 수 있는 절묘한 영혼(靈魂)이 될 수 있다.

건더기는 고사하고 국물도 없어

군대 시절, 배식은 가장 엄숙한 리추얼의 하나였다. 배식에 실패한 병사는 용서받지 못한다. 주로 최고참 상병이 배식 국자를 맡았는데 국자를 휘두르며 절대 권위를 과시하던 그 모습이 눈에 선하다. 김치, 무에 희소한 비게 덩어리 하나를 담아주면 감동 그 자체였다. 물론 졸병들은 최악의 말을 더 자주 들어야 했다.

"너, 건더기는 고사하고 국물도 없어."

신규 고객을 영입하기 위하여 어느 회사를 방문했다. 여기서도 건더기 얘기를 했다. 느닷없는 건더기 이야기가 회의 맥락과 이어지지 않

아주 가끔 이게 없을 때가 있다
근데, 두개가 있을 때도 있다

는 느낌이 들어서 질문을 했다.

"건더기라고 하면......무엇을 말하는 것인지요?"

탁 걸리는 게 없다는 표현을 그렇게 한 것이라는 답변이 돌아왔다. 포트폴리오, 회사 소개서, 책자, 샘플 등을 실례로 이야기했다. 그러면서 "샘플만 써 봐도 알아요." 하는 화장품 광고를 인용하기도 했다.

"건더기는 없고 국물뿐!"

정치권에서도 건더기는 유용한 비유의 언어다. 연두 기자회견이나 특별담화에 대하여 여당, 야당이 주고받는 대화 속에 종종 등장한다. 장관이나 주요 당직자들에 대한 인사 뚜껑을 열고나서 하는 불만족의 표시로 건더기를 거론한다.

브랜딩 관점으로 보면 건더기는 파워풀한 개인 브랜드고, 국물은 빈약한 개인 브랜드다. 누구누구 하면 떠오른 것이 건더기다. 한 개인을 상징하는 모든 것이 건더기고 브랜딩의 실체다. 그렇다면 어떻게 맛있는 건더기를 건져낼 수 있을까?

현실적인 최선의 방법은 기록이다. 건더기는 기록을 통하여, 쓰기를 통하여 이루어진다. 하루하루 고객에게 편지를 쓰자. 고객에게 보내면 더욱 좋고 그렇게 하지 못하더라도 차곡차곡 모아두는 일만 해도 위대한 건더기를 만드는 일의 시작이 될 것이다.

가장 쉽고 효율적인 글쓰기는 편지다. 편지를 쓰면 많은 변화가 일어난다. 편지는 기업으로 치면 광고 카피에 해당한다. 핵심을 선택하게 된다. 장·단점을 분석하게 된다. 나의 발전을 위한 디딤돌이 되고 고객 감동 실천의 교두보가 된다. 경쟁우위의 단단한 초석이 된다.

나의 첫 출간 졸저도 그 시작은 편지였다.

대학교에서 잠시 강의할 때다. 학생들에게 편지를 써서 종강 기념 선물로 나누어 주자고 생각했다. 틈나는 대로 편지를 써서 모아두었다. 누가 옆에서 한 마디 했다.

"책으로 내보시죠."

지금, 책은 나의 중요한 건더기가 되고 있다.

밥을 먹을 때도, 국을 먹을 때도 생각해보자.

나의 브랜드 건더기는 있는가?

있다면 맛있는 건더기인가, 맛없는 건더기인가?

개인 브랜딩은 계속되어야 한다.

밥을 먹는 그 순간까지도.......

08
책 쓴다고 잡아가지 않지요

첫 번째 책을 출간할 때의 일이다.

난생처음 출판사 대표를 만났다. 인사를 나누고 출간에 관한 사항을 합의했다. 처음 출간하는 터라서 약간의 긴장도 되었는데 전체적으로 잘 진행될 것 같다는 말을 들으니 마음이 한결 편안했다. 그런데 가장 중요한 것이 하나 남았다고 하면서 대표는 탁자 위를 가볍게 두드렸다. 저작권(著作權)에 대한 문제였다.

초고에는 인용한 시가 몇 편 등장한다. 효과적인 메시지 전달을 위해서 전문(全文)을 사용했는데 그것이 저작권에 저촉될 위험이 있다는 지적이었다. 매우 당황스러웠다. 시(詩)는 인터넷 등에 전문이 사용되는 사례가 많아서 문제의식이 없었던 것이다.

해결책은 다음의 세 가지 중에서 하나를 선택하는 것이었다. 사용하지 않는다. 저작권자에게 양해를 구한다. 저작권료를 낸다.

전철을 타고 집으로 가는데 저작권이 계속 머리에서 빙빙 맴돌았다. 돈 문제 이전에 저작자, 창작자들이 위대하다는 생각이 들어서였다. 그들은 자기만의 것을 가지고 있는 일종의 특허권자가 아니던가? 묘한 기분도 들었다. 나 자신이 빚쟁이가 된 것 같은 기분도 들고 세상의 중심에서 벗어난 아웃사이더라는 느낌도 들었다. 내 것이 아니면 아쉬운 소리를 해야만 한다는 만고의 진리를 새삼 확인하는 순간이기도 했다.

창작이 힘이다. 창작은 영향력을 잉태한다. 나를 브랜드로 만드는 가장 확실한 방법은 내가 창작자가 되는 것이다. 창작은 곧 자신만의 상징으로 연결된다. 상징을 만드는 것은 가장 확실한 브랜딩 수단 가운데 하나다. 앞으로의 세월은 창작자들이 주도하게 될 것이다. 창작의 삶은 주인으로 인생을 사는 것이다. 그래서 저작권의 의미가 더욱 더 귀하게 다가온다.

창작이란 우리 일상에서 멀리 있는 것이 아니라 사소한 데서부터 풍부한 의미를 찾아내는 행위다. 평범한 우리도 예술가의 키워드를 내 것으로 만들어서 노력하자. 여기서도 결국은 실천의 문제로 귀결된다. 해보지 않으면 아무 것도 이루어지지 않는 것이다. 도전이 곧 창작이다. 도전해야 만들어진다. 나만의 취향과 기질을 발견해서 저작에 도전해 보자.

브랜딩은 자신의 저작권을 만드는 과정이다. 자신이 가지고 있는 가장 핵심적인 특징이나 기술을 가지고 자신만의 상징을 만들어내는 일이다. 경쟁우위의 가치를 가지고 고객의 마음을 오래도록 붙잡을 수 있다면 그 저작권료는 더욱 더 높은 가격의 평가를 받을 것이다. 저작권은 전혀 다른 자신의 삶을 만들어낼 수 있다.

책은 나를 브랜딩 하는 데 있어서 가장 효과적인 수단이다.
물론 책 쓰기는 어렵다. 그러나 그 무엇보다도 도전할 가치가 있다.

우리 주변에는 책을 씀으로써 예상하지 못한 여러 가지 효과를 체험한 사람들이 많다. 책을 통한 상징의 창출이고 개인 브랜딩의 결과다. 우리라고 책을 쓰지 말라는 법도 없다. 우리가 책을 쓴다고 해서 잡아가거나 가두지도 않는다. 지금 당장 나만의 책 쓰기에 도전해 보자.

09
야구 하면 선동렬

어느 강연에서 개인 브랜드가 된다는 것은 곧 '검색(檢索) 되는 사람'
이 되는 것이라고 설명했다. 반응이 시원치가 않았다. '검색'이라는 단
어의 의미가 긍정적인 측면보다는 부정적인 뉘앙스가 더 많은 탓이었
다. 아마도 '검문검색'과 같은 말 때문이리라.

그러나 요즈음 세상은 검색 당하는 사람이 되어야 한다. 심혈을 기
울인 인선 끝에 국가대표팀 명단을 발표했다는 기사를 접하곤 한다.
희비가 엇갈린다. 누구는 선발되고 누구는 탈락한다. 선발과 탈락이라
는 희비의 쌍곡선은 국가대표 급에만 해당되는 일이 아니다. 지금 우
리가 일하는 곳에서도 크고 작은 인선 작업이 진행되고 있다. 직장에

"검색 (검문) 나왔습니다"

어느 시험은 안다
검색의 그 뻘쭘함들…

서 중요한 업무가 생길 때면 흔히 TFT(Task Force Team)가 구성된다. 이때 인선의 기준이 적용된다. 통상 가장 믿고 맡길 수 있는 사람이나 팀이 그 주인공이 된다.

인선은 검색에 의하여 이루어진다. 인터넷 시대에서는 무엇을 하건 간에 검색부터 하게 된다. 강의 시간에도 학생들은 실시간으로 검색을 한다. 궁금한 것들을 찾는 것이다. 헤드헌팅 회사에서도 좋은 인력을 찾는 기본은 온라인 오프라인 등 모든 수단과 방법을 동원하는 검색이다. 우리는 지금 검색되는 존재인가?

당신이 좋아하는 브랜드는 어디에 있는가?

백화점 진열장에 있는가? 아니다. 당신이 좋아하는 브랜드는 다름 아닌 당신의 머릿속에 있다. 컨시더레이션 세트(Consideration Set). 소비자가 구매를 고려하는 상표 군(群)이라는 의미다. 통상 3개 정도의 브랜드가 해당된다. 전체 브랜드 가운데서 상위 3위 안에 들어야 한다는 의미다.

우리도 마찬가지다. 직장 관리자든 클라이언트든 헤드헌터든 그들의 인식 속에 내가 3위 이내에 들어야 한다는 뜻이다. 그래야 내가 수요자들에게 검색되는 사람이 되는 것이다. 능동적인 표현으로는 스카우트의 표적이 되는 것이다. 우리가 저마다 개인 브랜드가 되는 순간이기도 하다.

인터넷 검색이나 서핑의 기본은 키워드를 입력하여 작업한다. 강남 부근의 터키 식 레스토랑에서 식사를 하고 싶다면 '터키 요리, 강남' 같은 키워드를 이용해서 검색한다. 헤드헌팅 회사에서도 구인 업무의 첫 번째는 '키워드 검색'이다. 사실 이러한 키워드 검색 작업이 인터넷에서만 이루어지는 것은 아니다. 이미 오래 전부터 우리 머릿속에서 진행되어 왔다. 마케팅은 인식의 싸움이라고 했는데 이러한 명제가 상품에만 해당되는 것은 아니다.

당신의 이름을 검색해 보라.

어떤 연관 검색어가 따라서 나오는가? 기억에 저장되지 않거나 무관심의 대상이 되는 것은 마케팅에서 최악의 상황이다. 구매로 연결되기 위한 1차 관문에도 진입하지 못했기 때문이다. 자신만의 검색어를 전략적으로 관리해야 한다. 나의 검색어를 어떻게 마련해야 하는가? 독창성이나 탁월한 가치를 담아 경쟁자나 라이벌과 차별화하고 개성이나 매력이 도드라지도록 구성해야 한다. 물론 나의 비전에 부합하는 조합이 되어야 함은 물론이다.

개인 브랜드를 쌓은 사람은 '00 하면 ㅁㅁ씨'라는 등식을 가지고 있다. 다른 사람들이 그렇게 부르고 주위에서 그렇게 평가를 받는다. 00에 해당하는 것은 검색 키워드이고 ㅁㅁ에 해당하는 것은 당신이나 나의 이름이다.

기획서 하면 김 대리. 프레젠테이션 하면 이 부장, 숫자 하면 강 차장, 영화 하면 윤 과장 하며 불리고 검색당하는 경우다. 지금 우리는 어떤 검색어를 가지고 있는가? 아무 검색어도 내세우지 못한다면 우리는 안타깝지만 아직 개인 브랜드가 아니다.

최근 야구인 선동렬이 책을 출간했다. 제목이 『야구는 선동렬』이다. 맞아, 하는 공감대가 형성되지 않는가! 그는 하나의 강력한 개인 브랜드이기 때문이다.

10
"자네가 누구인지 한 마디로 말해 봐!"

존재하는 모든 것은 그 나름대로 이유를 가지고 있다. 그런데 사람들은 그 이유를 알지 못한다. 그래서 의미를 부여해야 한다. 의미를 부여하는 순간 저마다의 존재 이유가 뚜렷해진다. 식물이라는 카테고리의 존재에 풀과 꽃으로 의미 부여를 하는 순간 남다른 존재감이 생긴다. 물론 꽃은 꽃대로, 풀은 풀대로 더욱 세분하여 의미 부여를 할 수 있다. 달래, 냉이, 씀바귀나 국화꽃, 진달래, 봉선화 같이.

사람도 마찬가지다. 이미지는 사람에게 의미 부여를 하는 것이다. 어떤 의미를 부여하느냐에 따라 그 사람의 이미지는 다양하게 나타난다. 이미지는 창조할 수 있다. 의도적으로 또는 전략적으로 조정이 가능하다.

물론 좋은 이미지나 개성을 만들기 위해서는 정직한 일관성을 가져야 한다. 남의 것을 모방해서는 그 사람만의 좋은 이미지를 만들 수 없다. 손으로 하늘을 가리는 격이다. 언젠가는 탄로 난다. 더 나쁜 이미지를 얻게 되어 결국에는 퇴보하고 만다.

"누구를 만나서 호불호(好不好)를 갖는 데는 처음 3~10초면 충분하고 그 이미지를 바꾸려면 40시간의 커뮤니케이션이 필요하다."

첫인상의 중요성을 강조하는 심리학 주장이다. 이미지는 아우라다.

그 사람에 대한 총체적인 인상이다. 향기다. 느낌이다. 엑기스다. 오케스트라의 하모니를 이루려면 오케스트라의 모든 파트가 저마다의 역할을 잘해야 한다. 사람의 이미지도 그렇다. 이미지를 구성하는 요소가 제대로 작동해야 한다. 겉으로 보이는 아름다움과 속에서 지원하는 내적인 아름다움까지.

좋은 이미지는 어떻게 만들어지나?

우선 목표 이미지를 설정해야 한다. 이미지를 처음으로 만드는 경우도 있고 기존의 이미지를 수정하는 경우도 있다. 나에게 이런 이미지가 왜 필요한가를 냉정히 분석하여 정리해야 한다. 목표 이미지는 큰 방향성이다. 통상 자신의 꿈과 비전에 부합하는 이미지를 목표로 한다. 그 중에서도 핵심은 자신의 정체성이 잘 드러나는 그 한 마디의 상징을 만드는 것이다.

나는 누구인가?

그는 평소에 '한 마디 준비'의 중요성을 강조했다. 회의, 간담회, 회식 장소, 야유회 등 사람이 모이는 모든 장소에서 그것이 요긴하게 쓰일 것이라고 덧붙였다. 그 중에서도 특히, 압축적인 자기소개서를 만들어서 지갑에 넣고 다니라고 하며 수시로 점검도 했다.

"자네가 누구인지 한 마디로 말해봐."

자신을 어떻게 잘 알리느냐 하는 것은 중요한 개인 브랜딩 전략이다. 공식적인 자리에서의 자기소개 시간은 보통 1분을 넘지 않는다. 누군가에게 자기소개를 하는 것은 상대방의 인식 도화지에 당신이라는 브랜드를 그리는 시간과 같다. 따라서 자기소개의 기회는 대단히 중요한 것이다. 평소에 전략적으로 준비해 두어야 한다.

어필해야 하는 핵심은 나의 상품성이다. 나의 시장가치다. 이것이 상대에게 어떻게 도움을 줄 수 있는지가 담겨야 한다. 지금 당신은 자신의 정체성을 소개하는 그 한 마디가 준비되어 있는가? 나아가 그 정체성을 남이 부여해준 것이라면 그것은 보물 중의 보물이 되는 것이다. 유재석의 '국민MC', 두산 베어즈의 '미러클'처럼.

6장

광고

하늘이 돕도록 '광'을 팔자

제대로 알려야 제대로 알아준다.

하늘도 스스로 광고하는 사람을 돕는다.

01
이제는 광고만복래(廣告萬福來)다

한 남자가 한 여자를 지독히 사랑했다. 안타깝게도 짝사랑이었다. 직접 만나 고백할 자신이 없었다. 마음을 전달하기 위해서 하루도 빠짐없이 편지를 썼다. 편지 배달부 역할은 우정이 넘치는 남자의 영원한 친구가 맡았다.

그 친구는 정성껏 그녀에게 편지를 전달해 주었다. 짝사랑은 이루어졌을까? 이루어지기는 이루어졌다. 그 여자는 그녀를 짝사랑하던 그 남자가 아닌 바로 편지 배달부인 그 남자를 선택했다. 눈에 보이지 않으면 마음에도 보이지 않는다.

'자기 PR 광고 만들기.'

광고제작 수업시간에 제시한 과제였는데 학생들의 반응이 예상 밖이었다. 어려운 수학 문제를 풀듯이 끙끙거렸기 때문이다. 이유가 무엇일까 궁금하여 학생들과 이런저런 대화를 나눈 끝에 다음과 같은 결론을 내렸다.

"너나 나나 모두가 개인별 브랜드 아이덴티티가 없다."

학생들은 강점이나 특징은 물론이고 자신의 컨셉을 정하지 못했다. 물론 중이 제 머리 못 깎는다고 하듯이 대놓고 자기 자랑 못하는 겸연쩍음도 그 이유 중의 하나였다. 어찌 학생들뿐이겠는가? 그러나 브랜딩 관점으로 보면 이것은 직무유기다. 퍼스널 브랜딩은 자기표현, 즉 자기광고를 통하여 적극적으로 발휘될 때 정점을 이룬다.

고객이 오래 전의 TV 사극 <태조 왕건>에 나오는 궁예처럼 관심법(觀心法)의 소유자였으면 좋겠다고 생각했다. 내가 직접 말하지 않아도 나의 생각이나 심정을 알 수 있을 테니까. 이런 경우라면 나를 알리기 위해 꼭 필요한 광고 따위는 생각하지 않아도 될 것이다. 그러나 고객은 관심법과는 정반대에 서 있다. 오히려 무관심법의 소유자라고 부르

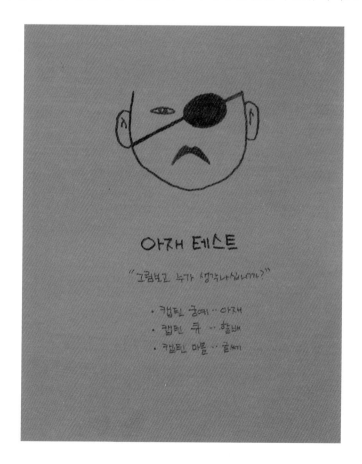

는 것이 더 현실적인 표현이겠다. 사람은 본래 '인지적 구두쇠'다. 애써 다른 생각을 깊게 하는 것 자체를 싫어한다.

자기광고는 커뮤니케이션 모델을 통하여 체계적으로 전개할 수 있다. 고전적 모델이지만 간결하여 활용하기가 좋다. 바로 라스웰의 'SMCRE 모델'이다. 센더(Sender)가 리시버(Receiver)에게 채널(Channel)을 통해 메시지(Message)를 보내고 그 반응(Effect)을 피드백 한다는 개념이다.

개인 브랜딩의 핵심은 이러한 'SMCRE 모델'이 선순환이 될 수 있도록 관리하는 것이다. 자기를 알리지 않고 가만히 있으면 백마 탄 왕자는 오지 않는다. 편지만 써서 배달부에게 전달하게만 하면 '사랑의 배달사고'가 발생한다. 남 좋은 일만 만든다. 서둘러서 가장 먼저 해야 할 일은 바로 고객에게 자기의 메시지를 정확하게 전달하는 자기광고다.

어느 전시회장을 찾았는데 미국화가 안나 메릿의 누드화 <쫓겨난 사랑> 앞에서 오래 머물렀다. <쫓겨난 사랑>은 추운 날 벌거벗은 채 밖으로 쫓겨난 큐피트가 문에 기대어 슬퍼하는 모습의 그림이다. 여자라는 이유로 미술학교에 다닐 수 없었던 작가의 개인적인 경험과 사랑하는 사람을 잃은 상처를 표현했다고 한다.

먼 옛날 저만치서 쭈뼛거리며 자기표현을 하지 못했던 나의 모습으로 다가와서 더욱 애잔했다. 이제는 소문만복래(笑門萬福來)보다는 광고만복래(廣告萬福來)가 제격이다.

02
"너는 누구니?"

요슈타인 가아더의 미스터리 소설 <소피의 세계>는 "너는 누구니?"라는 한 문장이 적힌 의문의 편지를 받는 것으로 시작한다. 소피는 편지를 읽으며 철학적 사유를 펼치게 된다. 소설 속에는 고대 그리스 철학부터 헤겔, 마르크스까지 서구 철학의 흐름이 담겨 있다. 그러나 "너는 누구니?"라는 질문에 대한 대답은 쉽게 나오지 않는다.

나를 광고한다는 것은 '너는 누구니?'라는 질문에 답하는 것이다. 그러기에 나를 광고하는 것 역시 쉽지 않다. 나 자신을 제대로 모르기 때문이다. 내가 누구인지 내가 가고 있는 삶의 방향은 옳은 것인지에 대하여 뒤돌아볼 여유조차 없다.

'막 사 입어도 1년 된 듯한 옷, 10년을 입어도 1년 된 듯한'이라는 광고 카피가 있다. 비슷한 어감으로 옷을 광고로 바꾸어 생각해 본다. 어떤 광고는 한 번 보더라도 열 번을 본 것 같고 어떤 광고는 열 번을 봐도 한 번도 안 본 것 같은 경우도 있다. 차이는 무엇일까? 바로 기본이다. Back to the Basic.

첫째, 구매욕구 자극이다.

광고는 무엇보다도 제품 정보 전달에 중점을 두어 사고 싶은 마음이 들도록 해야 한다. 구매 욕구는 사람으로 치면 스카우트하고 싶은 마음이다. 어떤 사람을 내 사람으로 또는 우리 조직으로 데려오고 싶을까? 핵심역량이다. 기능적인 측면과 정서적인 측면으로 구분한다. 일을 똑 부러지게 잘하고 거기에다 심성도 좋아 선한 영향력을 발산할 수 있는 사람으로 인식시켜야 한다. 물론 찾기 어려운 사람이다.

둘째, 전략과 표현의 합일이다.

"광고는 차별화되고 튀어야 한다."

광고에서 또 하나의 기본은 공허한 크리에이티브는 절대 배제되어야 한다는 것이다. 공허한 크리에이티브는 목적을 상실한 크리에이티브를 말한다. 목적을 상실하면 메시지가 부각되지 않는다. 제품이나 브랜드의 매력을 더욱 풍성하게 해야 하는 소기의 목적을 달성하기 어렵다. 이러한 방식으로 개인 광고를 한다고 가정하면 그 결과는 끔찍하다.

셋째, '쉽게'의 가치창출이다.

많은 광고인, 또는 광고 서적에서 주장한다.

"광고는 무조건 읽기 좋고 알기 쉽게 만들어야 한다."

가장 기본적인 법칙이자 가장 중요한 법칙이지만 가장 지켜지지 않는 법칙이기도 하다. 쉬운 것을 어렵게 한다는 현학성이 끼어들면 안 된다. 사실 쉽게 한다는 것은 어렵다. 전문성의 극단이기 때문이다. 고객들의 '당신이 누구요?'라는 질문에 쓱~ 보면, 척~ 하고 이해할 수 있도록 자신을 한 마디로 응축해서 보여줘야 한다.

본립도생(本立道生).

기본의 가치를 말하는 논어의 구절이다. 기본이 서야 나아갈 길이 생긴다. 기본 없이 시작할 수는 있지만 오래갈 수는 없다. 나를 광고하는 광고 역시 튼튼한 기본에서 출발하는 것이 더욱 더 효과적이다.

03
누구든 하나의 재주는 있게 마련이다

'가장 효과적인 광고 전략은 제품 그 자체'라는 말이 있다. 제품의 장점을 말하는 것 그대로가 좋은 광고 전략이 될 수 있다는 것이다. 물론 팔릴 것이라는 확신이 있어야 한다. 이것이 이른바 USP(Unique Selling Proposition) 광고 전략의 기본 개념이다.

USP 전략을 직역하면 '독특한 판매 제안'이다. 우리 제품만이 갖고 있는 핵심 특성을 찾아내서 그것이 소비자에게 요긴한 이익을 줄 수 있다는 것을 전달하는 전략이다. 1940년대 미국 광고 대행사 '테드 베이츠'의 설립자인 로저 리브스가 주장했다. 지금도 가장 널리 활용되는 광고 전략이라고 해도 과언이 아니다.

USP 광고 전략은 우리 각자를 브랜딩 하는 개인의 경우에도 효과적으로 적용할 수 있다. 나만이 가지고 있는 차별적인 우위사항은 무엇인가? 나를 무엇으로 말할 것인가? 흔히 말하는 나의 What to say 란 무엇인가?

『쓰기의 말들』이라는 책을 선물 받았는데 손에 쥐자마자 몇 가지 궁금증이 일었다. 우선 작가의 은유라는 이름이 독특했다. 은유? 표지를 넘겨보니 자기를 '글 쓰는 사람'이라고 적은 것도 인상 깊었다. 본문에 그 궁금증에 대한 내용이 나왔는데 사연을 보니 고개가 끄덕여졌

다. 아무튼 '글 쓰는 사람'이라는 그의 USP 설정은 탁월한 선택이라는
생각이 들었다.

　작가, 저술가와 같은 일반적인 개념과는 다르지 않은가?

　니코스 카잔차키스의 『영혼의 자서전』에서 아버지는 아들에게 약
속을 하나 한다.

"아무것도 안 하는 재주"

"아들아, 만일 네가 우수한 성적으로 학위를 딴다면 가고 싶은 곳으로 어디든 1년 동안 여행을 보내주마."

아들은 3개월간 그리스 여행을 했다. 아버지는 USP 전략으로 약속을 하고 실행에 옮겼다. 아버지의 이미지는 높아만 갔다. 아버지의 차별적인 우위사항은 무엇인가? 이렇듯 USP는 누구에게나 있다.

USP 광고 전략을 나에게 접목시키는 데 있어서 가장 중요한 딱 하나를 고르라고 하면 '자기 확신'이다. 즉 나에게는 반드시 차별화된 그 무엇이 있다. 경력, 성격, 일 처리, 목소리, 태도 등등. 아직 선택하지 못했을 뿐이다. 영혼의 심마니가 되자. 내 안에 있는 산삼을 캐러 가자. 내 안의 금을 찾으러 가자. 보물섬은 멀리 있는 것이 아니다. 바로 내 안에 있다. '심봤다!'를 외쳐야 한다.

조피디의 노래 가사를 음미해본다.

"……어쨌든 누구든 재주는 하나씩 있게 마련이거든……"

황대권의 편지를 다시 읽어 본다.

"민들레는 장미를 부러워하지 않는다."

시골 아버지의 일갈을 상기해 본다.

"대추나무는 대추나무고, 밤나무는 밤나무여!"

나만의 USP를 찾기 위해 되새겨볼 말이다.

04
스토리가 스펙을 이긴다

제품 간의 성능이나 특성에서는 차별화가 어렵게 되었다. 기술 발전으로 인한 평준화 영향이다. 품질, 가격, 디자인 등도 더 이상 차별화하기가 곤란하다. 그래서 등장한 것이 브랜드 이미지의 차별화다. 1960년대 데이비드 오길비가 창안한 전략 모델이다.

USP 전략이 직선이라면 브랜드 이미지 전략은 곡선에 해당한다. USP 전략이 사실주의라면 브랜드 이미지 전략은 은유나 상징주의에 해당한다. USP 전략이 이성적 접근이고 Claim이고 주장이라면 브랜드 이미지 전략은 감성적 접근이다.

브랜드 이미지 전략은 Feel이 중요하기에 제품의 특징이나 편익을 직접 소구하지 않는다. 자사 제품의 상징성을 연계 또는 연상하게 함으로써 브랜드 이미지를 높인다.

브랜드 이미지 전략의 핵심은 브랜드 개성이다.

브랜드 개성은 소비자가 제품에 대해 느끼고 이해하고 있는 것들의 총체, 즉 이름, 패키지, 가격, 광고, 제품 자체의 본질 등 여러 요인들로부터 형성된다. 광고목표도 달라진다. 예를 들면 "4S라는 새로운 이미지를 입혀라." Style, Sense, Special, Success. 아니면 "3F의 이미지를 획득하라." Female, Feeling, Fiction 등등.

어느 제과업체의 '정(情)' 시리즈가 대표적인 사례다. 초코파이를 맛이나 재료, 또는 라이프 스타일처럼 일반적인 제과 광고 같은 메시지가 아닌 누군가와 나눠먹는 것. 그 따뜻함을 주고받는 것으로 의미를 부여했다. 브랜드 이미지는 처음 만들기가 어렵다. 그러나 좋은 이미지를 하나 잡아내면 그것은 매우 강력하다. 제품 특성의 컨셉은 비교할 바가 되지 못한다.

우리 개인 각자도 숨어 있는 드라마적 요소를 가지고 자신을 차별화 할 수 있다. 개인 브랜딩에 있어서 브랜드 이미지 전략의 대표적인 사례는 '스토리가 스펙을 이긴다.'는 명제에서 찾을 수 있다. 스토리는 매력을 증가시킨다. 스토리는 가치를 공유하게 한다. 스토리는 행동을 유발하게 한다.

스토리의 힘은 무궁하다.

천일야화를 보라. 이야기는 왕의 살육(殺戮)도 중단시킬 수 있다. 할머니의 옛날이야기는 긴긴 겨울밤을 짧다고 느껴지게 만들었다. 스토리는 심리적인 자극을 만들어낸다. 심리적인 자극은 물리적인 자극을 뛰어넘는다. 스토리는 나만의 차별적인 브랜드 이미지를 구축할 수 있는 요긴한 방법이다. 부지런히 나만의 스토리를 쌓아가자. 언젠가는 빛을 볼 것이다.

05
어깨를 짚고 올라타라!

새로운 개념이 출현했다. 차별화가 고도화되고 다양화된 것이다. USP 전략, 브랜드 이미지 전략도 새롭지가 않다. 바로 '포지셔닝'이라는 개념이다. 포지셔닝은 넓게는 마케팅 용어로 쓰인다. 좁게는 USP 전략, 브랜드 이미지 전략과 함께 3대 광고 전략의 하나로 불린다.

포지셔닝은 말 그대로 시장에서 우리 브랜드를 다른 경쟁 브랜드와 비교할 때 어느 지위(위치)에 자리 잡게 할 것인가를 의미한다. 여기에서 시장은 실제 시장이기도 하고 소비자의 인식이기도 하다. 지위는 순위, 높낮이, 신구, 느리고 빠른, 똑똑하고 어리석은 등으로 다양하게 확장할 수 있다.

포지셔닝은 전통적인 사고와는 패러다임을 달리한다.

"이 제품은 이런 장점이 있어서 이걸 쓰면 이런 혜택들이 당신에게 돌아간다."라거나 "이 제품은 이런 개성이 있어서 이걸 쓰면 당신이 이렇게 멋있다."라는 논리적 사고와 달리한다. 즉 상품에 대하여 어떤 행동을 취하는 것이 아니라 잠재고객의 마음에 어떤 행동을 취하는 것이다. 포지셔닝은 시장 지위에 따라서, 다양한 전략을 전개할 수 있다.

선도자의 입장에서는 어떻게 해야 할까?

최초의 위치를 차지하는 선도자는 여러 가지 이점을 갖게 된다. 한 번

정해진 위치는 잘 바뀌지도 않는다. 이 경우는 강점의 강화가 효과적이다. 고유의 컨셉을 강화하는 것이다. 내 것을 더욱 견고히 해서 상대방을 무력화시키는 것이다. 'Me too'를 유도한다. "따라올 테면 따라와." "모방해, 그럼 너는 짝퉁이야." 호통을 치듯이 메시지를 구성할 수 있다.

추격자의 입장이라면 전략도 달라져야 한다.

추격자의 위치에서는 정공법이 통하지 않는다. 정면대결은 선도자만 유리하다. 변화구가 필요하다. 역발상 해야 한다. 선두주자가 아직 이야기하지 않은 부분을 찾아서 나의 깃발을 꽂는 전략이다. 빈틈을 노리는 것이다. 크기의 빈틈, 작은 것을 생각하라(Think Small). 가격의 빈틈, 효과적인 빈틈을 찾을 수 있다. 아니 찾아내야만 한다. 성별, 시간, 나이, 유통, 호기심 등등에서.

아예 경쟁자를 재(再)포지셔닝 해서 빈틈을 찾는 방법도 있다. 기존 것을 잘라내고 새 것을 제시하는 방법이다. 자사 제품이 아닌 경쟁사 제품에 대해 소비자의 생각을 바꾸게 하는 것이다. '소주 위의 소주' '우리는 2등이라서 더 노력합니다.' '헌 비행기, 새 비행기'... 이는 바지 잡고 물고 늘어지는 전략이다.

포지셔닝은 또한 기준점을 어디에 놓느냐에 따라 다양한 전략을 전개할 수 있다. 소비자가 원하는 바를 준거점으로 하여 자사 제품의 포지션을 개발할 수 있고 경쟁자의 포지션을 준거점으로 하여 자사 제품을 포지션 하는 방법도 있다. 속성, 편익, 이미지, 사용자, 사용 상황 등으로 세분화시켜서 경쟁자의 포지션을 열세적인 위치로 몰아갈 수 있다.

물론 퍼스널 브랜딩에서도 포지셔닝전략은 잘 통한다.

06
'나' 캠페인을 전개하자

나를 하나의 캠페인으로 포장하여 알리는 것이 광고 하나 달랑 만들어서 알리는 것보다 효과적이다. 캠페인이라는 단어는 순수 우리말로 대체하기 힘든 외래어 가운데 하나다. 캠페인이라 함은 어떤 목적을 달성하기 위해서 일관된 계획 아래 일정기간 전개하는 정치적, 상업적, 기타 일련의 활동이나 운동을 의미한다. 선거 캠페인, 광고 캠페인 등이 흔히 접하는 사례들이다.

캠페인에서 가장 중요한 요소는 목적을 달성하기 위해 동원되는 모든 수단들이 상호 연계하여 상승효과를 이루어내는 데 있다. 흔히들 광

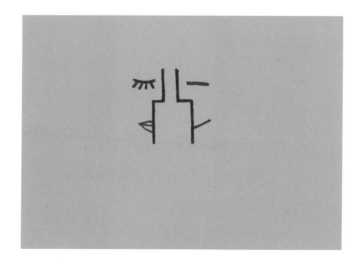

고 캠페인을 광고 제작물 위주로 생각하는 경향이 있지만, 광고 캠페인은 제작물뿐 아니라 그 광고가 필요한 이유와 그 광고가 실려야 하는 매체의 선정, 광고 외의 다른 활동과의 유기적이고 일관된 관계 등을 고려한 종합적인 계획 아래 움직여야 한다.

캠페인이라는 말을 사용할 때 가장 먼저 생각나는 것은 연속성이라는 의미다. 광고는 '지속적, 누적적인 효과'를 필요로 한다. 광고 활동이라는 말과 광고 캠페인 활동이라는 말의 차이는 무엇인가? 광고가 단순히 일회성이거나, 번뜩이는 아이디어에 의한 하나의 광고물이어서는 기대하는 효과가 충분하지 않다. 캠페인은 광고가 연속성과 일관성을 가져야 한다는 의미다.

"~답다."라는 표현이 있다. 유사성이다. 캠페인은 이와 같은 유사성, 즉 내 것 같은 것으로 만들기다. 축구를 예로 들어보자. 남미 축구가 있다. 개인기와 짧은 패스를 바탕으로 아기자기한 축구를 한다. 반면에 유럽 축구를 설명하는 키워드는 남미의 그것과는 다르다. 조직력과 롱패스, 그리고 강력한 체력을 내세워서 압박하는 스타일이다. 해설을 묵음(默音)으로 해놓고 양 대륙의 축구 경기를 시청해 보라. 축구를 좋아하는 사람들은 금세 알아차릴 것이다. 이것이 유사성이다. 전체를 보아도 조각을 보아도, 아 이것이 어느 브랜드 광고인지, 누구를 말하는 것인지 알 수 있어야 한다는 것이다.

광고 캠페인으로는 엡솔루트 보드카 캠페인이 유명하다.

무려 30년 이상 지속되었다. 일관성과 유사성, 시너지라는 3박자를 골고루 갖추었다. Absolut 병이 주인공이다. "Absolut 00" 형태의 두 단어로 된 카피를 활용한다. 큰 주제를 유지하면서 세부 테마를 시리

즈로 운영한다.

우리도 퍼스널 브랜딩을 위해 이렇게 일관성을 가지고 고객을 대한다면 좋은 인상을 가질 수 있을 것이다.

아라비안나이트에서 배워보자. 이야기가 꼬리에 꼬리를 물고 이어진다. 나를 광고하는 것도 이와 마찬가지다. 나를 어필할 수 있는 이야기를 쭉 이어가는 일, 그것이 곧 나를 광고하는 '나' 캠페인이다. 좀 스트레스를 받게 말하자면 이야기는 반드시 진화해야 한다. 그래야 죽음을 면할 수 있다.

"앞서 들은 이야기보다 더 놀라워야 한다. 그렇지 않으면 죽임을 당할 것이다."

우리는 저마다 스스로 광고 캠페인을 펼치는 멋진 캠페인 디렉터가 되어야 한다.

07
인생은 정면 돌파(突破)다!

좋은 광고의 기준은 무엇인가? 필자가 만일 좋은 광고를 만드는 법을 알고 있다면 지금 당장 엄청난 스카우트 파동에 휩쓸려서 행복한 고민을 하고 있을 것이다.

'현대 광고의 아버지'라 불리는 데이비드 오길비는 말했다.

"광고는 '어떻게'보다 '무엇을' 말할 것인지가 더 중요하다."

오길비는 좋은 광고, 이른바 소비자에게 콱 먹히는 광고는 결국 제품이 좋아야 함을 에둘러서 표현한 것이다.

광고만 그런 것이 아니다. 음식도 언어도 콘텐츠로 승부해야 한다. 제 아무리 뛰어난 광고 전문가라도 제품이 그저 그렇다면 광고 효과는 반감될 수밖에 없다. 그래서 다음과 같은 말이 나왔다.

"가장 좋은 광고는 제품 그 자체다."

개인 브랜딩이라고 다를 바 없다. 나를 브랜딩 하는 가장 좋은 방법은 '나 자신이 좋은 제품 그 자체'가 되면 되는 것이다.

광고와 홍보의 차이는 무엇인가?

가장 큰 차이는 광고는 돈은 쓰는 것이고 홍보는 돈을 거의 쓰지 않고 노출하는 것이다. 자신이 홍보의 대상이 되려면 뉴스 밸류가 있어야 한다. 개인 브랜딩은 곧 스스로 뉴스 가치(news values)를 만드는 것이기도 하다.

경험상 이러한 뉴스 가치를 구성하는 키워드는 다음과 같은 것이다. 이긴다(勝, win), 창조한다(造, create), 처음이다(新, new), 깨뜨리다(破, break), 앞서다(先, lead).

우리 자신이 이러한 키워드의 주인공이 될 수 있도록 노력하자.

자기 홍보는 거기서부터 시작한다.

08
당신의 원투 펀치는 무엇인가?

"뭐니 뭐니 해도 야구는 투수 놀음입니다. 단기전은 더더욱 그렇습니다. 특히, 팀의 간판인 '원투 펀치(1, 2 선발)'의 역할이 매우 중요합니다. 따라서 최강의 원투 펀치를 보유하고 있는 K팀이 우승할 가능성이 매우 높다고 생각합니다."

일부 언론에서 보도한, 미리 보는 가을 야구에 대한 전망을 옮겨온 것이다. 야구광 친구와 함께 포스트 시즌 전망에 대한 이야기를 하는데 그 친구도 언론에서의 전망과 거의 똑같이 이야기를 했다. '원투 펀치'라는 용어를 침을 팍팍 튀기고 강조하면서 말이다.

'원투 펀치'는 원래 복싱 용어다. 잽으로 선공을 한 뒤에 스트레이트로 이루어지는 콤비네이션을 말한다. 가장 기본적이고 교과서적인 복싱 기술이다. 요즈음은 위의 예처럼 야구 용어로 더 익숙하다. 야구에서는 한 팀에서 가장 믿음직한 제1 선발, 제2 선발 투수를 묶어서 원투 펀치라고 한다. 확실한 승리 공식인 셈이다.

광고에도 원투 펀치가 있다.
바로 'What to say'와 'How to say'가 그것이다. 광고는 이 두 가지의 역할이 가장 비중 있게 활용되는 분야다. 광고의 전부라고 해도 과언이 아니다. 좋은 광고는 'what to say'와 'how to say'의 행복한 만남을 통해서 탄생한다. 컨셉만 있고 크리에이티브가 없다든지, 크리에이티브는 있는데, 컨셉은 없는 광고는 실패한 광고라는 평을 받는다.

무엇이 원(one)이고 무엇이 투(Two)인가?

필자의 의견은 'What to say'를 제1 선발로 기용하고 'How to say'를 제2 선발로 기용하는 것이다. 'What to say'는 말 그대로 무엇을 말할 것인가 하는 문제다. 우선 이 점을 명확히 해야 광고의 틀이 견고하게 잡힌다. 광고의 골격에 해당하는 부분이다. 나무로 치면 뿌리와 줄기인 셈이다.

흔히들 '배가 산으로 간다.'고 말한다. 중심이 없거나 목적이 없고 방향성도 없으며 리더가 없는 경우를 빗대어서 하는 말이다. 광고가 산으로 가는 경우도 많이 있다. 전략이 없을 경우다. 무엇을 말할 것인가의 메시지보다는 광고의 표현 등 광고의 접근 방법에 더 신경을 쓰는 경우에 그런 일이 많이 발생한다. 10인(人) 10색(色)이 되기 때문이다.

무엇을 전달할 것인가?

이런 질문에 대답하기란 의외로 쉽지가 않다. 자랑하고 싶은 것이 너무 많기 때문이다. 대답은 '선택과 집중'이다. 절제와 생략을 기본으로 디자인하는 일본식 정원의 대가 코이치 가나와 박사의 말을 되새겨 보자.

"핵심을 살리려면 덜 중요한 것들을 세거해야 한다. 디자이너들은 숨기고 감추는 것의 미학을 지켜야 한다. 모든 것을 보여주려고 하면, 결국 모든 것을 잃고 말기 때문이다."

천일야화의 <알리바바와 40인의 도둑> 이야기를 잠시 상기해보자. 메시지는 '열려라 참깨'다. '열려라 들깨'가 아니다. 비슷한 듯하지만 '하늘과 땅'만큼의 차이가 있다. 나오는 문을 열지 못해 죽지 않았는가? 즉 What to say다.

우리의 What to say는 무엇인가? 나를 무엇이라 말해서 나를 멋지게 브랜딩 할 것인가? 좋은 나의 'What to say'는 천 냥을 더 벌어들일 수도 있고 '열려라 참깨' 같은 주문이 되어서 나의 매력을 새로운 세상에 알릴 수도 있다.

09
표현은 용맹스러움이다

광고의 '원투 펀치(1, 2 선발)'에 대해서 이야기했었다. 제1 선발은 'what to say'라고 했고 'How to say'를 2선발이라고 했다. 여기서 1, 2의 순위 숫자는 무의미하다. 둘 다 최강이다. 다만 서로 다르면서 강력해야 한다. 예를 들면 직구 정통파 투수가 1선발이라면 2선발은 까다로운 변화구에 수읽기가 만수나 되는 능구렁이 투수가 되는 경우다.

광고라는 나무가 있다고 가정해 보자.

'what to say'는 뿌리고 'How to say'는 열매다. 'what to say' 는 논리(logic)의 영역이고 'How to say'는 마술(magic)의 영역이다. 소비자가 제품이나 브랜드를 구입하기 위해서는 마지막으로 돈 지갑을 열어야 한다. 지갑을 열고서 "그래 한 번 지르자." 이러한 마음을 갖게끔 하는 것은 상대적으로 'How to say', 즉 마술(magic)의 영역이다.

'How to say'의 영역은 광대하다. 창조성의 범위만큼이나 변화무쌍하다. 사무실 건너편 건물의 글 판에는 가을과 단풍에 대한 아름다운 시로 가득하다. 예를 하나 들어 보자. 'what to say'가 단풍이다. 'How to say'는 어떻게 표현될 수 있을까?

나무를 가장 아름답게 해주는 존재

온 산을 살아 숨 쉬게 해 주는 존재

1년 동안 내가 무엇을 하며 살아왔는지를 묻는 존재

지친 나무를 가려주는 따뜻한 옷 같은 존재

신이 주신 마지막 황금 옷 같은 존재

어떻게 말할 것인가를 분류하는 기준은 한강의 모래알만큼이나 많다. 정해진 기준도 없다. 무한대로 만들어질 수 있다. '문학은 용기다.'라는 말이 있는데 그 말은 'How to say'라는 질문에 대한 대답에도 꼭 맞는다. 용기가 없으면 선택을 할 수 없으니까 말이다. 필자의 견해로는 어떻게 말할 것인가의 으뜸은 '은유(Metaphor. 메타포)'다.

『네루다의 우편배달부』에는 노벨문학상을 수상한 위대한 시인 네루다와 평범한 우편배달부가 나누는 '위대한' 우정이 펼쳐진다. 위대한 우정의 매개체는 바로 시와 메타포다. 은유의 힘이 잔잔한 듯 강력하여 소름이 돋을 지경이다.

우리도 저마다 From logic to Magic의 원투 펀치로 무장하자. 그것이 우리 자신을 광고의 대가, 나아가 소통의 대가로 만들 수 있다.

10
'Think different!' 'Think small!'

'나비 효과'는 미미한 날개 짓이 거대한 태풍이 되는 것을 말한다. 남아메리카에 태풍이 불었다. 중국 북경에서 나비 떼가 날 때 생기는 작은 바람이 원인이 될 수 있다고 한다. 그냥 허투루 하는 이야기가 아니라 어떤 기상 과학자의 연구 결과다.

세상 모든 일도 나비 효과에 다름 아니다. 처음에는 별 볼일 없는 것에서 시작되었다가 정말로 큰 일이 일어나는 경우가 많다. 1차 세계 대전도 이름 모를 사람의 총 한 방으로 시작되었다. 수많은 인명과 재산을 앗아간 대홍수도 거대한 둑에 생긴 바늘구멍 크기의 틈에서 시작되었다.

침소봉대(針小棒大).

바늘을 몽둥이라고 일컫듯이 작은 일을 크게 부풀려 과장하여 말하는 경우를 이른다. 이 말을 대할 때 처음의 느낌은 부정적인 의미에 가깝다. 그러나 왜곡, 변질에 이르는 과장이 아니라면 의미의 극대화(極大化)라고 해석할 수 있다. 이러면 이 말이 지니는 긍정적인 영역이 넓게 보인다.

광고의 본질도 침소봉대다. 광고란 의미를 널리 알리는 것이 아니던가? 작은 차이를 큰 차이로 만드는 일이다. 빅 아이디어도 처음부터 하늘에서 떨어지지 않는다. 작은 차이의 발견에서 의미가 증폭되는 것이다. 눈사람의 경우와 같은 이치다. 가벼운 흰 눈이 더해지고 뭉쳐져서 애초의 가냘픈 눈발 하나가 전혀 다른 눈사람으로 천지개벽한다.

'우리는 2등입니다. 그래서 더 노력합니다.'

미국의 렌터카 AVIS의 광고 메시지다. 모두가 1등, 최고를 이야기하는 반면 2등을 자처하는 모습이 오히려 더 멋지다는 평을 들었다.

한때 아파트 광고는 빅 모델 여자 광고라는 말을 들었다. 우리 아파트는 크고 높고 멋지다는 이미지를 얻기 위함이었다. 어느 날 이런 아파트 광고가 등장했다.

'진심이 짓습니다.'

10센티의 주차장 넓이를 확보하는 것이 진정 고객을 위하는 아파트의 진심이라고 말했다.

2등, 10센티라는 가느다란 침을 발견해서(針小)
고객감동이라는 거대한 방망이를 만들었다(棒大).

아무리 위대한 것들도 처음에는 그저 그런 스쳐가는 생각에서 시작한다. 문제는 디테일의 차이다. 이것이 광고 소재가 될 수 있나, 효과는 부정적일까 긍정적일까 하는 찾아냄의 고통이 수반된다. 나비의 날개 짓 같은 미풍이 저절로 태풍이 되겠는가? 아니다. 카오스 이론대로 혼돈 속의 질서가 뒷받침되어 태풍으로 변모하는 것이다.

'물방울 작가' 김창열 화백은 평생 물방울만 그렸다. 득도의 경지에 빛나는 그의 물방울은 파리 인근의 한 마구간에서 탄생했다. 그의 초창기 나비 날개 짓을 들어보자.

"밥 해먹을 쌀이 없을 정도로 가난했던 신혼이었죠. 마구간에 화장실도 없어 옆집에서 물을 길어다 캔버스에 뿌렸어요. 뒷면 솜털에 물방울이 일정하게 맺힌 게 아니라 컸다, 작았다, 그게 아주 찬란하다 생각했어요. 이게 그림이 되겠구나, 어떻게 하면 시대가 요구하는 그림의 요건을 갖출까 평생 연구한 셈이에요."

나를 광고하는 데도 나비 효과의 힘을 적용하자. 그러기 위해서는 나에 대한 정교한 분석과 의미의 발견이 중요하다. 장점은 무엇인지, 단점은 무엇인지. 장점은 장점대로 단점은 단점대로 어떤 의미가 있는지를 파악해야 한다.

답이 잘 나오지 않으면 다음의 광고 문구를 상기해 보자.

한 번은 'Think different!'
또 한 번은 'Think small!'

7장

관리

닦고 조이고 기름치자

나를 반짝반짝 보라 빛이 나게 관리하자.

다이아몬드도 닦고 기름 치지 않으면 녹슨다.

∩1
닦고 조이고 기름 치고 있습니까?

진화론의 창시자인 찰스 다윈은 일찍이 이런 말을 남겼다.

"살아남는 것은 가장 강한 종(種)이나 가장 똑똑한 종들이 아니라, 변화에 가장 잘 적응하는 종들이다."

시장환경은 하루가 다르게 급변한다. 기술은 고도화된다. 경쟁은 치열해진다. 소비자의 니즈(Needs)는 갈수록 까탈스러워진다. 브랜드는 이러한 변화에 적응해야 한다. 살아남는 것은 변화를 리드하는 브랜드뿐이다.

기업에서는 '브랜드 진단'이라 하여 많은 비용을 들여서 브랜드를 점검하고 관리한다. 브랜드를 활어(活魚)회처럼 싱싱하게 유지하기 위해서다. 그래야 산다. 이것은 기업이나 브랜드의 냉엄한 생존전략 중의 하나다.

Branding은 단어에 보이는 것처럼 꾸준한 관리의 의미가 담겨 있다. 바로 현재 진행형을 의미하는 '~Ing'다. 이것은 일차적으로는 365일 꾸준히 고객을 사랑해야 한다는 의미다. 그런데 더 깊은 뜻은 이처럼 꾸준한 사랑을 가능하게 하려면 또한 365일 철저하게 고객사랑 브랜드로 관리되어야 한다는 의미다.

브랜드 진단은 브랜드 평가를 통하여 진행된다.

브랜드 평가는 브랜드 아이덴티티가 제대로 작동하고 있는지 들여다보는 것이다. 크게는 두 가지 방식이 있다. 우선 브랜드의 가치를 돈으로 따져본다. 브랜드 자산 가치 평가다. LG나 삼성, 구글, 애플의 브랜드 자산가치가 얼마일까 하고 측정하는 식이다.

다음은 브랜드 자산을 구성하는 구체적인 중요 요소를 평가하는 것이다. 브랜드의 인지도, 이미지, 개성, 지각 품질을 비롯하여 브랜드와 소비자와의 관계수준을 알아본다. 브랜드의 건강성을 체크하는 것이니 사람의 건강검진과 같다.

이러한 전략적인 관리를 통하여 브랜드는 브랜드 세계의 이상형인 '러브마크 브랜드'로 변신하고 진화할 수 있다.

퍼스널 브랜딩도 다를 바 없다. 우리는 자신이 원하지 않아도 상대평가라는 홍역을 치른다. 직장에서의 인사 고과(考課)가 대표적이다. 실적 평가와 인성 평가가 병행된다. 리더의 위치에 있는 사람은 리더십 평가를 받는다. 회사를 옮기려 한다면 평판 조회라는 강을 건너야 한다. 평소에 자기관리를 하지 않으면 좋은 평가를 받기가 어렵다. 당연지사로 좋은 퍼스널 브랜드가 될 수 없다.

귀에 익은 말이지만 다시 한 번 밑줄을 쳐 본다.

'닦고 조이고 기름 치자.'

군대 시절 병기 관리의 중요성을 강조하는 복창 구호다. 군복을 입었을 때는 지겹다는 느낌이 들었는데 자기관리의 중요성을 촉구하는 브랜드 슬로건의 관점으로 보면 높은 점수를 주고 싶다. 쉽고 리듬도 있고 메시지 전달력도 명확하기 때문이다.

앞서가는 퍼스널 브랜드들은 스스로 냉정한 자가진단을 한다.

자신의 퍼스널 브랜딩 요소들이 고객에게 어떻게 인식되고 있는지, 또 어떻게 평가를 받고 있는지 파악한다. 자신의 브랜드 아이덴티티가 늘 북두칠성처럼 빛을 발하고 있는지 점검한다. 그리고 강점은 살리고 단점은 버린다. 가칭 '자가진단 체크리스트'를 만들어서 구체적으로 '나'라는 브랜드를 점검하자.

사람들은 나를 뭐라고 부르나?

나는 라이벌의 동향을 알고 있으며 차별화 노력을 하고 있는가?

나는 고객의 Needs & Wants를 알고 있고 또 그것을 충족시키고 있는가?

내가 현재 하는 일이 나의 비전과 연결되고 있는가?

나는 사람들에게 나의 슬로건이나 키워드를 어떻게 표현하고 있는가?

나에게는 사람들이 나를 기억할 수 있는 상징 자산이 있는가? 반응은 어떠한가?

나는 나 자신을 꾸준히 닦고 조이고 기름 치고 있는가? 즉 자기관리를 잘하는가?

'나'라는 브랜드는 지금 성장과 진화의 변화를 일으키고 있는가?

02
이곳은 저의 '자궁 공간'입니다

제3의 공간이라는 단어는 미국의 사회학자 레이 올든버그(Ray Old-enburg)가 그의 책『The Great Good Place』에서 사용했다. 제목 그대로 쾌적하고 편안함을 느끼는 좋은 공간을 말한다. '무드 매니지먼트'의 대가로 평가받고 있는 크리스티안 미쿤다는 그의 책 제목으로『제3의 공간』을 사용하여 공간관리의 중요성을 강조하기도 했다.

제1의 공간은 집이고 제2의 공간은 작업공간인 회사다. 제3의 공간은 여러 사람들과 소통하기도 하고 또한 혼자서 자신만의 여유를 찾고 새로운 아이디어를 발굴하는 생활 충전소다. 자신만의 아지트다. 제3

의 공간은 온·오프라인에 공히 적용된다. 서울 근교의 분위기 좋은 카페는 물론이고 온라인상의 독서 커뮤니티 역시 좋은 제3의 공간이다.

건축가 김수근은 생활공간과 작업 공간 외에 궁극의 공간이 필요하며 이곳은 사람들이 명상과 더불어 창작을 하는 '자궁 공간'이라고 했다. 그의 말을 좀 더 들어본다.

"어머니의 자궁 공간은 아기를 위한 최적의 공간이다. 자연이 마련해준 궁극의 공간이다. 그러나 우리는 그 자궁의 공간으로 돌아갈 수 없다. 그 대신 우리는 자연 속에서 무드 공간을 찾을 수 있다. 명상을 위하여, 영감을 위하여, 창작을 위하여 최적의 자연공간을 찾아다닐 수 있다. 자연은 어디엔가 그런 공간을 마련해두고 우리를 기다리고 있는 '어머니'와 같다."

황상의 일속산방(一粟山房).

일속산방은 그의 집 뒤편 골짜기 언덕에 마련한 작은 공간의 이름이다. 직역하면 '좁쌀 한 톨 만한 작은 집'이라는 뜻이다. 그는 여기서 책을 읽고 시를 짓고 초서에 몰두했다. 추사 김정희는 여기에 '노학암(老學庵)'이라는 별칭을 붙여 주었다. '열심히 공부하는 늙은 학생이 사는 암자'라는 뜻이다.

헨리 데이비드 소로의 호숫가 오두막집.

아예 자연을 통째로 제3의 공간으로 이용한 사람도 있다. 현실에서 벗어난 느낌을 주기도 하는데 주인공은 『월든』의 저자 헨리 데이비드 소로다. 그는 월든 호수를 자신의 공간으로 삼았다. 호숫가에 통나무집을 짓고 자신의 방식대로 먹고 살았다. 채마 밭을 일구고 산책하며 자연을 관찰하고 책을 읽으며 글을 썼다.

공간은 정신적인 에너지가 모이고 순환하는 마당이다.

새로운 인생을 시작하는 힘을 얻는다. 삶의 위기를 극복하고 부활하는 곳이기도 하다. 나를 위한 나만의 세상이다. 나를 거듭나게 하는 방법, 그것은 어쩌면 자신만의 공간 하나를 갖추는 것에서부터 시작될지도 모른다.

개인 브랜딩은 꾸준한 자기관리로 나 자신이 더욱 더 소중한 브랜드로 거듭나는 과정이다. 나만의 자궁 공간, 즉 제3의 공간을 만들고 그 공간을 전략적으로 활용하는 것은 '나'라는 브랜드를 빛나게 하는 좋은 방법이다. 나만의 작은 성소(聖所)에서 성자(聖者) 같은 개인 브랜드로 거듭나자.

03
머리 나쁜 아이도 공부할 수 있나요?

프로젝트가 시작되면 가장 먼저 케이스 스터디를 한다. 앞선 사례를 연구하는 것은 핵심에 도달하는 지름길이기 때문이다. 그것을 놓고 어떻게 창조적인 발전을 꾀하느냐가 관건이다. 케이스를 발견하지 못하면 어디서부터 시작해야 할지 막막하다.

나의 가치를 높이는 개인 브랜딩도 마찬가지다.

좋은 케이스, 즉 좋은 본보기를 만나는 것이 관건이다. 클래스가 다르다는 말이 있다. 등급이 한 수 위, 한 단계 위라는 말일 것이다. 그러한 위치에 있는 사람들은 뭔가 다른 것을 만든다. 그 가운데 하나가 자

스승은 없다. 그러나 선생은 많다. 아주 많다

기관리인데 스스로 하는 경우도 있고 주위의 도움을 받는 경우도 있다. 스승은 주위의 도움 가운데서도 으뜸 중의 으뜸이다.

명창(名唱) 안숙선의 경우를 보자.

안숙선이 국보급 국악 브랜드가 되기까지는 아마도 스승의 이런 메모가 큰 역할을 했을 것이다. 바로 스승 만정(晩汀) 김소희가 말년에 병원에서 건네준 메모다. 제목이 '주의 사항'인데, 이 역시 브랜드는 그냥 만들어지는 것이 아님을 알게 해준다.

"차원 높은 예술인이 되려면 품위를 지켜야 한다. 무대에서 판소리 대사 외에 딴 양념을 넣는다면, 나는 이 정도밖에 안 된다는 자기선전일 뿐이다."

"선생은 있다. 그러나 스승은 없다."

이런 말이 있다. 막다른 골목에 이른 듯이 보이는 요즈음 사제지간에 대한 자조의 목소리다. 그러나 조금만 눈을 크게 떠보자. 학교 선생님은 물론이고 멘토도 있고 롤 모델도 있다. 이들이 모두 스승이다. 나만의 스승을 받들어 모시는 일은 나를 관리하는 가장 가성비(價性比) 좋은 방법이 될 수 있다.

좋은 스승과의 만남은 한 인생을 송두리째 바꾸기도 한다.

열다섯 황상(黃裳)은 스승과 처음 만났는데 어느 날 스승은 황상을 불러 공부를 권했다. 그리고 서로간의 문답을 글로 써주며 벽에 붙여 놓고 마음을 다잡으라고 당부했다. 황상은 이를 '삼근계(三勤戒)'라 부르며 평생 마음에 품고 살았다. 스승은 다산 정약용이고 황상은 강진 유배 시절에 만난 다산의 제자다.

황상의 발전은 눈부셨다.

"저 같이 머리 나쁜 아이도 공부할 수 있나요?"

이렇게 물었던 그였다. 그는 어느 날 스승 정약용의 형인 정약전으로부터 다음과 같은 놀라운 평가를 받는다.

"월출산 아래 이런 문장이 있다니!"

<삼근계>의 가르침을 받은 지 불과 3년 반 만이다.

스승은 좋은 동기부여의 근원이다.

아무리 교권이 예전 같지 않다고 해도 여전히 스승의 약발이 최고다. 마음에 두면 평생 용기가 된다. 마모되지 않는 엔진을 장착하는 것이고, 마르지 않는 우물을 얻는 것이다.

황상은 60여 년 이상을 한결같이 '일신우일신(日新又日新)'했다. 스승의 가르침을 가슴에 담았기 때문이다.

스승은 명품 내비게이션이다.

인생은 나그네 길이자 선택의 길이다. 사르트르는 '인생은 B(Birth)와 D(Death)사이의 C(choice)'라고 했다. 김훈의 『남한산성』에는 척화파 김상헌과 주화파 최명길 두 사람의 피 튀기는 설전이 있다.

"죽어서 살 것인가?"

"살아서 죽을 것인가?"

어느 길을 선택해야 하나?

스승이 있었다면 갈 길을 가르쳐 주었을 것이다.

스승은 찾아야 보인다.

평생 큰 바위 얼굴을 바라보며 자라서 나중에 큰 바위 얼굴을 닮게 되었다는 것은 비단 소설 속에서만 일어날 수 있는 일이 아니다. 롤 모델을 삼아보자. 아직도 찾지 못하고 있다면 정신 바짝 차리고 세상의 소리에 귀 기울여 보자.

04
나는 한 마리의 흰 사슴입니다

＼

10월의 마지막 날이 얼마 남지 않은 어느 날 저녁이었다. 고등학교 친구가 용해원의 시 <가을의 노래>를 언급하면서 가을여행을 가자고 나를 압박했다.

......'오색 단풍으로 물든 가을 산에 가보지 않은 사람은 가을 색을 말할 수 없습니다.'

얼마 후에 만추의 한라산을 다녀왔다. 가을 색을 말할 수 있는 자격을 가졌다는 것이 기뻤다. 그런데 그것뿐만이 아니었다. 한라산은 나에게 많은 것을 주었다. 한라산을 종주한 8시간은 인생의 의미를 되새겨보는 결산의 시간이었기 때문이다. 한 편의 시를 썼고 한 폭의 자화상을 그렸고 한 권의 자서전을 쓴 기분이었다.
한라산에서 무슨 일이 일어났던 것인가?

나는 한 마리 토끼가 되었다.
은하수에 다녀왔기 때문이다. 옛 사람들에 대한 놀라움은 많다. 그 중의 하나가 뛰어난 작명 솜씨다. 브랜딩에 대하여 공부하고 있는 처지

이기에 더욱 그렇게 느껴진다. 한라산의 작명도 절창이다. 한라산의 漢은 일반적으로 한나라 한자로 알고 있는데 은하수 '한'자의 뜻도 살포시 숨어 있다. 한라산의 拏는 붙잡을 '라'자다. 연결하면 '한라산'은 하늘의 은하수를 잡아당길 만큼 높은 산이라는 의미다. 우리 동요에서는 푸른 하늘 은하수 하얀 쪽배에는 계수나무 한 나무 토끼 한 마리가 있다고 하지 않는가?

나는 한 마리의 흰 사슴이 되었다.

한라산은 남한에서 가장 높은 산이고 백두산, 금강산과 함께 우리나라 3대 영산으로 우뚝하다. 산마루에는 분화구였던 백록담이 있다. 이 백록담의 이름 역시 문학적이며 빼어나다. 흰 사슴이 물을 먹는 곳이라니 상상의 나래가 절로 펼쳐진다. 상상력과 창조력의 중요성이 한라산만큼 높다. 자연으로의 여행은 이러한 교육을 공짜로 제공해 준다. 한라산 백록담에의 오체투지는 그 어느 곳보다 큰 창조력의 선물 보따리를 선사해준다.

나는 패배자가 되었다.

한라산의 높이는 1,950미터. 1,950번의 번뇌를 생각했다면 사기일까? 오르고 내려오면서 몇 번이고 하느님, 부처님을 불렀다. 몸이 힘들고 지쳤기 때문이다. 수많은 반성도 했다. 숨이 찼기 때문이다. 평소 건강관리의 문제점을 느꼈다. 눈앞이 노래졌다. 목표가 무색했다. 나는 한라산에 오기 전에 무엇을 얻을 것인가에 대한 목표를 정했다. 결과적으로 이루지 못했다. 산을 오르고 내려오는 내내 제 몸 하나 제대로 추

스르지 못했기 때문이다.

원래의 목표는 이랬다.

'한라산을 상징하고 인생의 삶에 도움을 줄 수 있는 사진 100장, 에피소드 10개를 수집한다.'

여행은 길 위에서 인생 대학교를 단기 졸업하는 격이다.

여행은 이 세상에서 인간이 차지하는 영역이 얼마나 작고 보잘것없는지를 깨닫게 해준다. 여행은 익숙해서 볼 수 없었던 것을 다시 보게끔 하는 안목을 준다.

"독서는 머리로 하는 여행이고 여행은 몸으로 하는 독서다."

나는 새로운 사람이 되었다.

비록 짧은 시간이었음에도 불구하고 자연으로의 여행이 나를 그렇게 변하게 만들었다. 나를 한 차원 높은 브랜드로 만들어주었다. 여행은 모든 사물을 매일 처음 보는 듯이 대하도록 하는 능력을 주기 때문이다.

어제가 추분이다. 가을의 문턱에 선 지금 무조건 여행을 떠나고 볼일이다. 조용필, 이승기의 그 노래처럼.

05
사랑도 Ing, 행복도 Ing

"나의 친구 할머니들, 제가 이렇게 상 받았어요. 여러분도 열심히 해서 다들 그 자리에서 상 받으시기 바랍니다."

몇 해 전 청룡영화상 시상식에서 첫 여우주연상을 받은 나문희의 수상 소감이다. 그의 나이 일흔여섯이고 57년차 배우였다. 나이 70대에 주연을 맡은 현역 여배우, 그것도 최고의 연기상을 받은 여배우는 세계적으로도 드물었다고 한다.

데뷔 때부터 억척 엄마, 까탈스러운 할머니, 다방 마담 등 예쁜 여배우들이 꺼려하는 배역을 가리지 않고 소화해냈다. 최고의 자리에 오르기 위한 오랜 준비의 과정이었다. 쉬지 않고 천천히 꾸준히 걸어온 Ing의 가치를 증명한 것이다.

오랜만에 단골 음식점에 들렀다. 여사장의 호들갑이 그간에 무슨 일이 있었는지를 짐작하게 하고도 남았다. 아니나 다를까, 보여줄 것이 있다면서 자신의 핸드폰을 꺼냈다. 글을 하나 써봤는데 평을 해달라는 부탁을 했다. 놀라지 않을 수 없었다.

나훈아 콘서트를 방문했던 모양이다. 일방적이고 주관적인 자신의 흥분과 감격을 적어 놓은 글이었다. 멋있다. 멋있다. 멋있다. 그 사장은 동영상까지 보여주며 나훈아의 위대함을 전파하는 데 열을 올렸다.

실제로 나훈아의 드림 콘서트는 관심이 뜨거웠다. 서울 등 3개 도시에서 열리는 공연 티켓 3만여 장이 예매 시작과 동시에 모두 팔렸다. 언론에서는 이를 '피케팅'이라고 표현했다. 피 튀기는 티케팅이라는 의미다. 나훈아의 나이는 70이다. 11년만의 컴백 무대였다. 나훈아는 "죽기 전에 꿈을 꽃피우겠다."고 복귀를 선언했었다. 2년 전의 일인데 2019년 올해도 나훈아의 콘서트는 계속된다고 한다.

이들의 활약상을 보면서 "나이는 숫자에 불과하다."는 말과 "젊은이 같은 노인, 노인 같은 젊은이!"라는 말이 겹쳐 떠오른다. 이들이 나이를 무색하게 하면서 사람들에게 감동을 주는 그 에너지의 원천은 무엇인가? 사랑이다. 업에 대한 사랑, 자기 일에 대한 사랑이다.

그들은 이야기 한다.

"노래는 나의 운명입니다."

"연기는 나의 운명입니다."

운명 같은 사랑이야말로 사랑의 정점을 찍는 사랑이다. 팬들에 대한 사랑, 고객에 대한 사랑이다. 이들은 행복의 시작을 팬들의 감동에서 찾는다. 그것을 위해 최선을 다한다. 꾸준한 자기관리를 한다.

러시아의 대문호 톨스토이도 만 71세가 되던 해에 『부활』을 출간했다. 자그마치 10년이라는 세월의 구상을 거쳤다. 당시 일흔의 나이는 요즈음의 일흔과는 비교할 수 없다. 그 열정적인 노익장은 문학에 대한 사랑, 꿈에 대한 사랑, 독자에 대한 사랑에서 비롯되었을 것이다.

사랑이 Ing면 행복도 Ing다.

06
편지를 썼어요, 사랑하는 그대에게

편지는 보약이다.
편지를 쓰면 강한 자기관리가 될 수 있다.
편지를 쓰자.

늦은 답장, 죄송합니다. 오랜만에 편지를 쓰니 생각이 많아졌습니다. 저도 문자나 이메일의 편리함에 빠져 지내니까요. 지난 추석 명절을 막 지나서 친구와 늦은 시간까지 과음을 했습니다. 택시를 탔는데 그 노래가 나오더군요.
"가을엔 편지를 하겠어요."

사실 저도 지금 가을을 타고 있습니다. 주위를 둘러보니 많은 남자들이 가을을 타고 있더군요. 잔인한 달은 4월이 아니라 바로 지금 가을인 듯합니다. 가을이 지닌 두 얼굴 때문일까요? 가을은 만산홍엽, 오곡백과의 풍요로움도 있지만 나뭇잎 떨어지는 허전함도 있으니까요.
엊그제 저녁에 후배로부터 "회사를 떠나게 되었습니다 ㅠㅠ"라는 문자를 받았습니다. "힘내, 인생이 뭐 그런 거지." 하고 말하려다 그냥 "미안하다."고 답신을 보냈습니다. "제가 더 미안해요, 형님."이라는 문자가 다시 왔습니다. 계절상의 가을뿐 아니라 인생의 가을을 실감하는 요즈음입니다.

가을을 이기는 좋은 방법을 물었지요?

10월의 마지막 날까지 시간을 정해서 말입니다. 그 노래 때문이겠지요? '가을을 탄다.'는 표현은 의학적인 용어로 '계절성 기분 장애'라고 한답니다. 남자들이 특히 가을을 타는 이유가 일조량 감소에 따른 남성호르몬 감소 때문이라고 하는군요. 충분한 햇볕을 쬐러 쏘다녀야 할 판입니다.

지인들에게 도움을 요청했는데 신통치가 않습니다. 편지를 써라, 여행을 가라, 책을 읽어라. 술을 마셔라. 할 수 없이 까칠한 니체에게 물어보았습니다. 그의 망치 같은 대답을 기대해서입니다. 그러나 가을에는 니체도 어쩔 수 없었던 것 같습니다. 저의 눈에는 '아모르파티(Amor Fati)'만 보일 뿐입니다.

주신 질문에 대한 저의 결론은 '여자'입니다. 누구의 딸이자 누구의 아내이자 누구의 어머니인 바로 그 여성 말입니다. 우문우답이라고요? 쇼펜하우어가 듣는다면 그의 눈이 화등잔 같아지겠습니다만 저는 여성의 위대함에 기대어 이 가을을 이겨내고자 합니다. 진리는 늘 가까이에 있습니다. 동참을 기대합니다.

부드러움은 여성의 큰 강점입니다.

남성의 강함은 여성의 부드러움으로 더 강해질 수 있는 것입니다. 일찍이 노자(老子)는 이런 말을 했습니다.

"부드럽고 유연한 게 딱딱하고 경직된 것을 이기는 법이다. 이 또한 하나의 모순이지만 부드러운 게 강한 것이다."

남녀의 관계도 마찬가지 아닐까요? 여성의 부드러움은 우리 남자를 소프트하게 쬐어주는 햇볕이라고 생각합니다.

여성의 지혜로움 또한 우리가 배워야 합니다.

여성이 주로 하고 있는 살림은 하나의 경영입니다. 남편이 밖에서 돈을 벌어오고 아내가 그것을 잘 관리하여 키워나가는 것은 무거운 책임경 영입니다. 여자들은 본능적으로 현실적인 경영 마인드를 가지게 됩니다. 자연스럽게 지혜로움이 몸에 배어 들게 됩니다. 오죽하면 '여자 말을 잘 들으면 자다가도 떡이 생긴다.'는 말이 생겼겠습니까?

여성의 위대함의 정점은 출산입니다.

남자들은 어떻게 시도해 볼 수 없는 신비의 영역입니다. 출산은 생명 창조의 행위입니다. 모성애의 보호 본능이 생겨나는 이유입니다. 삶을 대하는 본능에서 우리 남자들과는 클래스가 다릅니다.

우리는 이러한 위대한 여성들을 우리 곁에 있는 아주 가까운 세 공간에서 만날 수 있습니다. 감사하는 마음으로 대해 보십시오. 그녀들이 도와줄 것입니다. 저는 벌써 효과를 보고 있는 중입니다.

제1 공간인 집. 여기서는 져주면서 지지 않는다는 '하인 리더십'을 실천하기를 권해봅니다. 핵심은 '얘기 들어주기'입니다. 일전에 저의 아내는 딸과 30분을 통화하고 그 통화 내용을 30분 동안 저에게 전해주었습니다. 저는 가만히 듣고만 있을 뿐이었습니다. 1시간이 그렇게 지나갔는데 아내가 몹시 기분 좋아했습니다. 저도 신이 났습니다. 설거지, 쓰레기 치우기까지 도전한다면 금상첨화입니다. 우리가 군대에서 많이 해본 일이라 어렵지 않을 것입니다.

제2 공간인 일터. 우리는 직장 등 일터에서 하루 8시간 이상을 보냅니다. 직장에서의 여성 동료는 또 하나의 가족입니다. 가족처럼 아끼고 존중해야 하는 이유입니다. 여기에서의 핵심은 '존중'입니다. 3F라는 말을 들어 보셨을 것입니다. 21세기를 주도하는 키워드이자 기업 경쟁력의 화두라는데 Female(여성성)이 그 중의 하나입니다. 여성을 존중하고 여성의 장점을 배워야 하는 이유입니다. 섬세함, 부드러움, 감성적 감각 등 배울 것이 많습니다.

마지막 제3 공간은 집과 일터와는 또 다른 공간입니다. 일종의 '나'만의 아지트일 수도 있습니다. 건축가 김수근은 자연을 지칭하며 이를 '자궁 공간'이라고 불렀습니다. 최적의 창조 공간이라는 의미이겠지요.

나만의 제3 공간은 남산 같은 자연도 좋고 한강변의 조용한 카페도 좋습니다. 온라인 커뮤니티도 물론 제3의 공간으로 제격입니다. 저는 도서관을 선택했는데 마냥 행복합니다. 동서고금의 책 속에서 수많은 여인들과 연애를 할 수 있기 때문입니다. 최근 한 달 동안에는 갯마을의 해순, 위대한 유산의 에스텔라, 그리고 백석의 연인 자야, 82년생 지영이까지 만났습니다.

나훈아의 노래 <홍시>를 부를 때면 몇 대목에서 가슴이 울컥하여 멈칫합니다. 울 엄마가 생각이 나기 때문이지요. 특히 이 구간에서 그렇습니다.

"눈이 오면 눈 맞을 새라...... 바람 불면 감기 들새라...... 안 먹으면 약해질 새라......."

이제 큰일 났습니다. 단지 가을 때문이라고 울먹이니 말입니다. 결국 안길 곳은 여성의 품입니다.

07
늘 변해야죠

우리나라 여자 골프에 대해서는 새삼 긴 설명이 필요 없다. 실력도 외모도 매너도 모두가 정상급이다. 몇 해 전 고진영 선수가 KLPGA 대회에서 2연패를 하고 나서 인터뷰를 했다.

"고진영 선수는 스윙이 좋다고 정평이 나 있는데 그 좋은 스윙을 왜 바꾸었죠?"

"정상을 유지하려면 늘 변해야죠."

변화(變化)라는 단어가 귀에 턱 걸렸다.

결실은 그렇게 얻어지는 것이구나. 많은 변화 전문가들은 변화를 대

끓는 물에 던져진 개구리는 산다???!!

하는 자세가 다른 사람들과 차별점을 만든다고 한다. 어떻게 변화의 기운을 감지하고 삶의 변화를 주도할 수 있을까? "살아남는 것은 가장 강한 종이나 가장 똑똑한 종들이 아니라, 변화에 가장 잘 적응하는 종들이다."라는 찰스 다윈(Charles Darwin)의 말이 환청처럼 들려온다.

고진영 선수는 2019년 현재 세계 랭킹 No.1이다.

영국의 그레고리 베이트슨(Gregory Bateson, 1904~1980)이라는 생태학자는 개구리 실험을 통하여 흥미로운 사실을 발견했다. 끓는 물속에 개구리를 집어넣으면 개구리는 곧바로 뛰쳐나오지만 미지근한 물에 개구리를 넣고 서서히 가열하면 대부분의 개구리들이 죽을 때까지 뛰쳐나오지 않는다고 한다. 상황적으로 보면 충분히 스스로 벗어날 수 있음에도 불구하고 뛰쳐나오지 못하고 죽어간다. 이러한 개구리 실험은 변화의 필요성을 강조하는 사례로 기업이나 경영자들이 많이 활용하고 있다. 국가, 기업, 사회의 각종 조직도 변화에 둔감하면 미지근한 물속에서 죽어가는 개구리 신세가 될 수도 있다는 교훈 때문이다.

솔직히 말하면 필자도 변화가 싫다. 익숙한 것이 주는 편안함 때문이다. 인지심리학에서는 "인간은 자기가 보고 싶은 것만 본다." "인간은 보려고 하는 것만 본다."고 한다. 이 명제는 자기 변화의 어려움을 내포하고 있다. 변화의 소리에 귀 기울이라고 말한다. 나만의 안테나를 세워서 변화를 감지하고 정보를 수집하고 이를 바탕으로 해서 더 좋은 변화를 도모하라고 한다. 변화에 적응하고 나아가서는 익숙한 것과 결별하라는 주장도 들린다.

그럼에도 불구하고 가장 좋은 방법은 자기 자신을 변화시키는 것이다. 두려워하지 말고 당당히 맞서야 한다. 여기서도 솔루션은 준비다. 어떤 변화를 마주하든 준비를 시작하자. 내가 가장 유리한 환경으로 만드는 것이다. 꿈의 원칙과 같다. 꿈이 확고하면 어떤 환경이 바뀌어도 흔들리지 않는다. 가장 좋아하고 가장 잘하며 옳다고 생각하는 곳에 집중하자. 이곳은 스스로의 변화가 가능하다. 변하지 말라고 해도 스스로 변한다.

스티브잡스, 김연아, 박지성, 유재석 등 이른바 개인 브랜드들은 누가 시켜서 하는 사람들이 아니었다. 스스로 했다. 아니 오히려 주위에서 말렸다.

"저러다가 사람 잡는 것 아니야?" 할 정도로 스스로 몰두하고 스스로 변화에 대처했다. 왜일까? 자신이 가장 좋아하고 잘하는 물에서 놀기 때문이다. 이런 물에서는 생산성도 높아진다. 새로운 것을 만들어낸다. 역경을 두려워하지 않고 쉽게 좌절하지 않는다. 희망과 믿음으로 두 다리 두 팔을 장착한다. 스스로 동기부여를 하여 자가발전이 가속화된다.

08
선생님, 그 비결이 뭐예요?

이탈리아 문학가 이탈로 칼비노는 고전(古典)에 대하여 인상적인 정의를 내렸다.

"고전이란 사람들로부터 이런저런 얘기를 들어 알고 있다고 생각하면 생각할수록 실제로 그 책을 읽었을 때 더욱 독창적이고 예상치 못한 생각들을, 그리고 창의적인 생각들을 발견하게 되는 책이다."

생텍쥐페리의 동화 『어린 왕자』를 나이 들어 다시 읽어 보니 예전에는 보이지 않던 것들이 보이는 등 그 의미가 새롭게 다가왔다. 『어린 왕자』는 『어른 왕자』로 제목을 고쳐서 어른에게 권해야 할 고전으로 더 어울릴 책 같았다. 변함없는 가치의 책, 古典. '나도 고전같이 변함없는 가치를 지닌 사람이 되자.' 하며 어린 왕자 같은 생각을 했다.

대학 은사님과 저녁 모임을 가졌다.

선생님과 우리는 같은 학번이라는 동질성이 있다. 우리가 81년도에 입학을 하고, 선생님은 같은 해에 교수로 부임하셔서 인연을 맺게 된 것이다. 선생님은 요즘 말로 하면 '엄친아 중의 엄친아'였다. 최고 엘리트의 학벌 스펙, 눈에 확 띄는 외모, 균형 잡힌 사고, 발군의 영어실력과 글로벌 감각, 유머 넘치는 언변에 감미로운 목소리까지.... 뭇 여학생들의 인기를 한 몸에 받았다. 물론 남학생들의 질투가 이어진 것 또한 당연했다.

우리가 처음 만났을 때 선생님은 30대를 막 지난 딱 40세였다. 어느덧 강산이 네 번 가까이 변할 시간이 지났다. 선생님의 연세가 여든을 목전에 두고 있다는 사실에 놀랐는데 더욱 놀라운 것은 나이가 아니라 선생님의 그 변함없는 매력이었다. 반백의 머리와 미세한 얼굴 주름을 제외하면 예전과 변한 것이 하나도 없었다. 아니 오히려 더 업그레이드 되신 것 같았다. 늙은 제자들의 부러운 질문이 이어졌다.

"선생님 그 비결이 뭐예요?"

이러한 질문은 분명, 우문이다. 공부 잘하는 비결이 뭐냐고 묻는 경우와 같다. 그럼에도 불구하고 선생님은 많은 현답을 들려주셨다. 결론은 꾸준한 자기관리다.

"자신을 항상 깨어 있도록 바쁘게 하라."

오감을 작동하여 머리에서 발끝까지 핫 이슈를 발견하고 그것을 내 것으로 만들어 생활에 보탬이 되도록 하라는 것이다. 구체적으로 선생님이 실천하고 있는 세 가지의 예를 들어서 설명해주었다.

하나는 테너 이용훈의 노래 듣기다.

메트로폴리탄 오페라, 유럽 오페라의 주역, 세계 최정상 테너 등 이용훈을 수식하는 화려함을 접하는 것도 기분 좋지만 무엇보다도 쩌렁쩌렁 울리는 그의 노래를 들으면 삶의 에너지를 얻는다고 하셨다.

두 번째는 유명한 한국사 강사인 설민석의 강의를 듣는 것이다. 쉽고 재미있게 강의하는 강의 솜씨 덕분에 역사 공부를 더욱 즐겁게 할 수 있단다.

세 번째는 초등학교 남자 동창들과 만나는 일이다. 초등학교 동창은 마음 편한 것도 있지만 꿈 많고 순수한 시절로 되돌아가 보는 추억 여행이나 다름없다고 한다. 시원한 계곡물의 상쾌함을 마시는 기분이 든다고 했다.

이 밖에도 동서고금을 넘나드는 각종 주제에 대하여 선생님의 독특한 해석과 관점을 토해 놓으셨다. "오늘 고마웠어요~!" 하며 헤어짐의 인사를 하는 선생님의 모습이 참 좋은 퍼스널 브랜드의 모습으로 다가왔다. 세월이 가도 그 가치를 잃지 않는 고전(古典)처럼 말이다.

사람도, 기계도 늘 닦고 조이고 기름을 쳐야 오래도록 빛이 난다는 사실을 새삼 깨우친 좋은 하루였다.

09
잘했던 일, 못했던 일 생각해 봅니다

야구중계를 보다 보면 경기 자체도 흥미롭지만 선수들의 독특한 행동 또한 흥미를 더해 주는 관전 포인트다.

그는 타석에서 독특한 준비 과정으로 유명하다. 방망이를 오른쪽 겨드랑이에 끼고, 양쪽 장갑을 조이며 헬멧을 벗어 땀을 닦은 뒤 얼굴 아래에서부터 위로 훑은 다음 자세를 잡고, 마무리로 땅에 자기만의 선을 그은 뒤, 투수의 공을 기다린다. 꽤 번거로운 동작이지만 투수와 1구1구 상대할 때마다 이와 같은 동작을 반복한다. 어느 선수가 떠오르는가?

"저 선수만의 루틴입니다. 일종의 의식과 같은 리추얼이기도 하구요. 스포츠 선수에게 루틴은 대단히 중요한 것입니다."

루틴이란 선수들의 습관적인 행동 절차를 말한다. 사전적인 의미로는 '특정한 작업을 실행하기 위한 일련의 명령'을 뜻하고, 스포츠 심리학에선 운동선수들이 '최상의 운동능력을 발휘하는 데 필요한 몸 상태를 갖추기 위해 실행하는 자신만의 고유한 동작이나 절차'를 말한다.

스티브 잡스의 하루는 거울에서 시작한다. 거울 속에 비쳐진 자신의 얼굴을 보면서 하루를 다짐하고 인생을 다짐한다.

"오늘이 내 인생의 마지막 날이라면 오늘 하려는 이 일을 할 것인가?"

이렇게 자문했다. 과연 내가 가장 좋아하는 일을 하고 있는가에 대한 물음이자 자기만의 엄숙한 의식이다. 어디 그것만 생각했겠는가? 빌게이츠를 생각하고 신제품 프레젠테이션을 생각했을 것이다. '혁신의 아이콘' '가장 닮고 싶은 사람 1위' 등 그를 수식하고 상징하는 것은 어쩌면 하루아침의 작은 의식에서 비롯됐을지도 모른다.

어느 모임에서 리추얼의 중요성에 대하여 이야기를 나누는 기회가 있었다. 한 회원이 그거 아주 쉬운 일이라고 방법을 가르쳐 주겠다며 다음과 같은 말을 했다.

"아침 마다 정성스레 이불을 개보세요. 하루의 시작이 달라집니다. 오늘 하루를 정리하는 의식이거든요."

처음에는 다들 듣는 둥 마는 둥 했다.

'이불 하나 개는 것이 뭐 그리 대단하다고.'

실행을 해 보았다.

침대보를 개어서 베개와 함께 가지런히 놓아두니 침대도 정리정돈이 되어서 보기에 좋았고 오늘 하루도 이렇게 가지런히 보내야겠다는 다짐도 하게 되었다. 그래서 그런지 아내가 자주 칭찬을 한다.

"당신 요즈음 달라졌어."

실제 생활도 달라진 것 같다.

업무의 효율도 올라가고 무엇보다 몸과 마음이 안정된 느낌이다.

대학교 1학년 때 친구들과 설악산으로 놀러간 적이 있다. 은행 다닌다는 여성 팀과 즉석 미팅 같은 것을 했다. 저녁도 같이 먹고 잔디밭에서 노래도 부르고 했다. 그 중에서 <영이의 일기>라는 노래가 기억에도 새롭다. 노래를 소개한 그녀는 이 노래를 부르면서 하루의 마무리를 한다며 수줍게 웃었다. 지금 보면 그녀 자신만의 경쾌한 리추얼 행사였던 것이다.

'오늘 하루 지난 일을 되새겨 보면서
잘했던 일 못했던 일 생각해 봅니다.
나는, 나는 일기장에 옮겨 쓰면서
착한 일을 실천하는 영이의 일기'

리추얼은 우리가 무언가를 오래도록 꾸준하게 유지시키도록 하게끔 하는 마력을 지니고 있다. 이러한 힘은 큰 날개가 되어 내가 좋은 개인 브랜드로 성장할 수 있도록 큰 도움을 준다. 나만의 의미 있는 생활 속의 리추얼 하나를 만들어 보자.

10
과연, 나는 '이상 없음'일까?

　시장은 끊임없이 변한다. 브랜드는 그 시장환경에 적응해야 한다. 환경을 이기는 브랜드는 곧 굿 브랜드, 파워 브랜드다.

　브랜드도 건강검진을 받는다. 멋진 말로 표현하자면 브랜드 위상 진단이다. 브랜드 위상은 브랜드 인지도, 이미지, 품질 수준, 만족도, 충성도 등에 대한 현재의 상황을 말한다. 브랜드 현재의 위상을 점검해야만 우리의 브랜드가 어느 정도의 경쟁력이 있는지, 또는 무엇이 부족한지 알 수 있다.

개인 브랜딩에서도 브랜드 진단이 필요하다.

직장에 다니는 사람들은 회사에서 매년 받는 여러 가지의 평가가 일종의 진단이다. 그와는 별도로 개인 스스로를 하나의 브랜드로 가정하고 냉정한 진단과 평가를 내리고 발전 방향을 모색해 보자. 또 다른 방식의 자기관리 방안이 될 수 있다.

자가진단에는 책에 나오는 브랜드 에퀴티(Equity) 모델 등을 사용할수도 있으나 우리에게는 신언서판(身言書判)의 기준이 친숙하다. 신언서판은 주지하는 것처럼 조선시대 우수 인재 선발 원칙이자 선비들이 갖추어야 할 덕목이다. 신언서판은 디지털 시대인 오늘날 다시 각광을 받고 있다. 아날로그의 반격이 아닐 수 없다. 신언서판은 개인 브랜드, 즉 자기진단을 하는 데 효과적인 진단 툴이다.

신(身).
외면의 건강함과 더불어 내면의 건강함을 동시에 갖추고 있는지 따져보자.

언(言).
언은 언행일치를 통하여 완성된다. 조리 있는 말솜씨와 더불어 행동거지도 조리가 있는지 체크해 보자.

서(書).
서는 글씨의 반듯함도 포함되지만 실제는 문장력을 말한다. 적자생존이라고 하지 않는가? 글쓰기를 생활화하고 있는지 되돌아보자.

판(判).

판단력을 향상시키는 데는 독서를 으뜸으로 친다. 생활 속에 책과 독서가 어느 정도를 차지하고 있는지 짚어 보자.

자기관리의 궁극의 단계는 '신독(愼獨)'이다.

신독은 홀로 있을 때에도 도리에 어그러짐이 없도록 몸가짐을 바르게 하고 언행을 삼가는 것이다. 신독의 단계에 이른 개인 브랜드는 영원 불멸한다.

안중근 의사의 '계신호기소부도(戒愼乎其所不睹)', 윤동주 시인의 '하늘을 우러러 한 점 부끄럼 없는', 몽테뉴(Montaigne, Michel De, 1533~1529)의 "혼자 있을 때에도 부끄럽지 않게 행동하는 것이야 말로 최상의 생활이다."라는 말이 그 예이다. 가까이에는 우리 주변의 많은 의인(義人)들이 이에 해당할 것이다. 그렇다면 나의 신독지수는 몇 점일까? 정답은 우리 자신의 내면에 있다.

에필로그

러브 마이셀프(Love myself)!

대학교에서 학생들을 가르친 적이 있다.

글을 쓰고 발표하는 별도의 시간을 가졌다. 어느 날 취업 준비하는 4학년 여학생이 발표를 했는데 강의실 분위기가 숙연해졌다. 자신의 처지가 꼭 상품 브랜드 같다고 했다. 몇 번의 면접 실패를 거듭한 후의 깨달음이란다. 자신만의 고유한 매력이 없으면 선택되지 못한다는 사실이 백화점이나 할인 마트에서 고객의 선택을 기다리는 수많은 브랜드와 같다는 것이다.

듣고 나니 안타깝기도 했지만 오히려 더 큰 믿음이 생겼다. 그녀는 현상을 정확히 파악했고 나아가 퍼스널 브랜딩 전략의 가치를 인지하고 있었기 때문이다. 퍼스널 브랜딩 전략의 핵심은 나라는 브랜드를 사랑하는 것이다. 얼마 후에 그녀는 취직에 성공했다.

면접, 그 중에서도 특히 자기소개의 중요성은 아무리 강조해도 지나침이 없다. 경력직의 직장 이동을 주선해주는 헤드헌터는 후보자와 면접의 벽을 함께 넘어야 한다. 효과적인 자기소개나 인터뷰 방법은 셀 수 없을 정도로 많다. 그런데 단언하건대 최고의 가성비를 자랑하는 방법은 바로 퍼스널 브랜딩 전략에 있다.

　브랜딩은 고객으로 하여금 지갑을 열게 만드는 최고의 설득 기술이기 때문이다. 인력 채용의 경우도 마찬가지다. 사람을 채용하는 것은 곧 돈을 쓰는 일이 아니던가? 퍼스널 브랜딩은 '나'라는 브랜드를 더욱 가치 있게 만드는 기술이다.

　퍼스널 브랜딩은 자신만의 매력적인 아이덴티티(Identity)를 만드는 것이다. 매력적인 아이덴티티는 상대방에게 멋진 이미지로 연상되는 되는 것을 말한다. 일곱 빛깔 무지개 같은 다음의 7가지 질문으로 구체화할 수 있다.

　비전이나 꿈은 무엇인가?

　나만의 DNA 또는 나의 USP(Unique Selling Proposition. 독자적인 판매 가치 제안)는 무엇인가?

　나의 강점을 상징 자산으로 만들고 있는가?

　상징 요소를 고객과 얼마나 끈끈하게 소통하고 있는가?

　늘 닦고 조이고 관리하는가?

　나의 고객은 누구인가?

　고객과 삼각관계에 놓인 경쟁자는 누구인지 알고 있는가?

퍼스널 브랜딩은 세계인이 사랑하는 BTS의 노랫말에 정확하게 반영되어 있어서 놀랍기까지 하다. 자신을 사랑하고 자신을 가장 소중하게 안아줘야 한다. 자신의 몸과 마음을 다스려야 타인이나 세상을 위하여 뭔가도 할 수 있다. 퍼스널 브랜딩 전략이 그런 것이다.

퍼스널 브랜딩은 나를 사랑하는 일이다.
퍼스널 브랜딩은 나를 아끼는 일이다.
퍼스널 브랜딩은 이기적 유전자에 충실히 따르는 일이다.
퍼스널 브랜딩은 나를 믿는 일이다.
퍼스널 브랜딩은 나를 알기 위해 노력하는 일이다.

퍼스널 브랜딩과 함께 어제의 당신보다 오늘의 당신이 더 나아지고 또 오늘의 당신보다 내일의 당신이 더 나아지는 그런 당신이기를 기원한다. 당신은 많이, 많이 소중하니까.